人生の旅路

曾野綾子

人生の旅路　†　目次

第一章　権威や称号はなくとも「本物」は人を感動させる

第二章　人間は便利さより、不便の中で多くを発見する

第三章　単純なことが見抜けない人に才能はない

第四章　人間は譲れた方が器が大きい

第五章　人が生きて栄える土地では、同じだけの人が死ぬ

第六章　「どん底からのスタート」というすばらしさ

まえがき

恥ずかしい話だが、私はずっと自分の生き方に信念を持ったことがない。もちろん瞬間的には、私は自分の好みで生きている。人と同じ料理を注文することも滅多にないし、人にどう思われるかと心配することもあまりない。

良くても悪くても、自分が好きなことをやっているのは、日本の国家も社会もそれを許す冷静さと寛大さを持っているからで、もし思想の統一が厳しくなったら、私は気が小さいから、すぐさま節を屈するだろうと思うのである。

それでこのようなエッセイ集に書いている内容も、私の信念と呼ぶべきものでもない。それこそこの本の表題が示しているように、私は長い人生の旅をして来た。解釈が変わることは始終あった。私はそのことで自分を責めることをやめて、「人間は変わるもんだ」と呟いて来たのである。生きているのだから、むしろ変わらない方が異常とも言える。それが旅路というものだ。

旅というものを、楽しむ人と苦にする人とがいる。旅行なんかするより、住み馴れた自分の家に落ちついている方がいいという人もいる。

しかし必要があって旅をする時には、私は多くの場合、旅を楽しんで来た。旅は変化そのものである。変化があれば発見がある。馴れない環境で失敗をすることもあるが、人生とはこういうことだったのか、と教えてくれるのが旅である。あえて成長とは言わない。しかし旅によって私は変わって来た。変わった自分を見るのは面白い。だからもし私と同じような性癖の人がいたら、その人にも旅をして、変わることをすすめようと思う。

変わるためには、いくつかの要素が要る。不真面目さも要るし、変化後の自分を認識するいささかの真面目さも要る。不真面目でないと現状を打破できない。しかし変化の結果を味わうには真面目さも便利なのである。

決して無神論者に変化を求めるわけではないが、神仏は人間の才能のすべてを、適切にお使いになる、と私は感じている。

いいものだけを選ぶことは、私たちにはできない。大ていのできごとは、良さと悪さが抱き合わせで現れる。簡単な話だが、何かいいことをしようとすると、人間は疲れることを覚悟しなければならない。怠け者は、疲れるからしない、という。それも一つの選択だと思うことがある。しかしこれは、やはりやるべきだと考えると私たちは計画を遂行し、後でへとへとになって後悔したりすることもある。

しかし、それでいいのではないか、と私は思う。もともと疲れたくないなら、旅なんかしなければいいのだ。お金を出すのがいやなら、人づきあいもボランティアもしなければいいのだ。

人間は時には利巧なこともするが、バカなこともする。利巧なことができたら運がよかったと思って喜び、バカなことをしてしまったら蒲団をかぶって寝ることだ。そのどちらも大して大きな差はない。私たちのやることは、すべてその程度のものである。だから総理大臣や閣僚にはならないことだ。政治家の愚かさは、大勢の人を巻き添えにする。

大切なことは、自分の生涯をつき放した眼で見て面白がることだ。失敗して迷惑をかけていたら「ゴメンナサイ」と言い、感謝されたら「ホントかな」と半信半疑でいることだ。その程度の不真面目さで生きていたら、私自身も息切れしないでいられるかもしれないし、家族や友人も気軽に私を受け入れてくれるかもしれない。

二〇一一年秋

曾野綾子

第一章　権威や称号はなくとも「本物」は人を感動させる

旅にて

——権威や称号はなくとも「本物」は人を感動させる

私は今、障害者・高齢者のグループとイタリアを旅行している。高齢者でも元気な人がそうでない人を支える。何しろ何十年ぶりという酷暑の中だから、昼すぎの暑さは命とりの病気の元だということで控えているが、若者から中年の一団もいてくれて、この人たちが車椅子を動かす主力投手である。

東京では三、四時間しか眠れなかったのに、旅に出てから八時間も眠る。どうしたんだろう、気味が悪くなった、などという声も耳に入る。胸のあたりに見たこともないような筋肉がついた、という人もいる。

つまり多くの日本人は、だらだら汗を流して働くことがある、というまっとうな人間の営みを放棄していて、自ら病的な状況に自分を追いこんでいるのだとしか思えない。

ヴァチカンにしても、ミラノの大聖堂にしても、パドヴァの聖アントニオ教会にしても、その建物のみごとさが出現した背後には、日本人の嫌いなさまざまな要素の存在を見ないわけにはいかない。

富の偏在による大パトロンの存在、親子何代にもわたって同じ仕事をしつづける職人層の存在、何よりも神への畏敬。どれも民主主義とか、人権とか、アメリカン・ドリームとかいうものとはほとんど無縁の存在である。別に大寺院はなくてもかまわないのだが、それらの理由を切り離してこうした建物を見ることはできない。

最近、日本のあちこちで、さまざまな建造物をユネスコの世界遺産にしようという動きがあるようだが、あれにも私は反対である。世界遺産の多くは、日本人が考えるようなちっぽけな名所ではない。けたはずれに大きなものでなければいけない。ピラミッドは確かに世界遺産だが、それに匹敵する規模のものなど日本にはないのである。

強いて言えば、その歴史的・文化的システムのすぐれている点で伊勢神宮だが、システムは世界遺産にならないという人もいる。

富士山より、アルプスだろう。箱根も非常に美しいところだが、中国四川省の九寨溝（きゅうさいこう）の湖水群を見たら、箱根などとうてい推薦できなくなる。

別に世界遺産などなくても、日本は充分に変化に富んだいい国である。他人に権威や称号をつけてもらわなくても、もしそれが本物で、深い意味があれば、見る人は必ず感動する。

すべての「作品」には、それを作る人たちの長い訓練期間と、その完成のために我を忘れる情熱がいる。イタリアの旅では、それを毎日のように見続けることができる幸福が待っている。何十年ぶりだと言われる酷暑もガマン、ガマンである。

中国を横断する
——伝統的職人芸の大切さ

息子が、関西にあるカトリック系の私大で教えていて、国際関係学部の学生さんたちを中心に夏休みの研修旅行をするというので、夫と二人で参加させてもらい、中国を新疆(しんきょう)ウイグル自治区の西端のカシュガルまで行って来た。

旅費を安く上げねばならないというので、関空（関西国際空港）から上海に着くと、以後はカシュガルまで中国大陸を横断する約一万六千キロの往復の旅程は、すべて列車とバスである。しかしトルファンまで片道四十九時間はかかる寝台車の中では、昼間から寝ころがって本を読んでいられるのだし、それから後のバスは、タクラマカン砂漠を縦断したわけだが、快適なエアコン付きのバスである。

この有名な急行列車の軟臥（なんが）寝台車（グリーン車）は上下四人一室で、小さなテーブル、大きな魔法瓶、ごみ入れなどの設備があり、寝具も清潔である。ただし読書灯の光度は不充分、上段の寝台の棚は、枕から起き上がる人が必ず頭をぶつけるような位置にある。

私たちは四リットルもの飲み水を持って乗り込んだが、各車輌の一隅には大きな湯沸かし器があって、多くの人が巨大なカップヌードルを持って乗り込んでいる。食堂車は、朝飯が二十元（三百二十円）で大きなむしパン、塩卵を添えた野菜、コウリャンのおかゆ、ピーナッツ、ザアサイなど。昼と夜は三十元か五十元で七、八品のご馳走が並ぶ。それも野菜たっぷりの健康的なメニューである。ただしビールはいつもぬるい。

トイレは洋式と中国式と両方があり、時々水洗が壊れるが、その度に乗務員が必死で掃除し、バケツに水を汲んでおいて水洗の機能が失われないように懸命の努力を払っている。

速度は上海付近になって最高で百三十二キロというのを見たが、たいていは百十六、七キロという表示が多かった。揺れも少ないし、ほとんど時間通りに運行される。大したものである。

渭水沿いの部分は、雪崩を避けるためかトンネルが実に多い。線路の盛土部分の両側や、切り通しの法面の処理が、日本より甘い感じがする箇所は随所にある。鉄道に沿った自動車道路も、全面的にあちこちで高速化に向けて整備が急がれているのが見えるが、この沿線だけでも恐らく一万キロかそれ以上の距離の区間の整備である。労務者の雇用の口はいくらでもあって、多分建設ブームだろう、と素人は羨ましく思うのである。

ともあれ、中国は、自力で高速鉄道も道路もすばらしいものを作れる。他国が技術輸出をする必要があるとは言っていない。帰りは五千キロを走って、列車はまさに定刻通り、一分も違わずに上海駅に着いたのである。

出発前、タクラマカン砂漠の天山南路をヤルカンドまで行く、と聞かされた時には、私は「寝袋は要るの」と尋ねて息子にうんざりしたような顔をされた。ここは単なる砂漠でもなく辺境の地でもない。はるか昔からコンスタンチノープル（トルコ）まで続いている交易路なのである。それを知らないのではないのだが、私の中にはサハラを縦断した時の記憶が今でもこびりついていて、砂漠というと道もろくろくないところ、と思いそうになるのである。

若い頃、初めてタイやインドで河のほとりに集まって生きる人間の生活も、水を求めて川のほとりに蝟集して生きる動物の生き方と全く同じだ、と実感したが、この地域も水の存在する点と線が人間の住居と移動のラインになる。考えてみれば当たり前なのだが、こんなことさえどこにでも水道と電気のある日本にいると考えたことがない。

四十九時間の列車の旅を終えて着いたトルファンは五十度を超す気温で、熱風は焚火のそばにいる感じだったが、水は北の山脈からの雪解け水を思わせる冷たさを保っていた。

トルファン以後の八日間はずっとバスで移動した。帰りもカシュガルからトルファンまでが二十五時間。一晩トルファンのホテルで泊まって、再び二晩三日の列車で上海まで帰り着いた。

しかしいずれにせよ、地上を旅すると、実によく事情がわかる。上海のホテルは三つ星クラスだが、田舎に行くと、二つも三つも星の数は問題ではない。昔は政府の「招待所」だったと思われるホテルもあるが、いずれもどこか管理が悪い。室内の電気、テレビ、水回り、湯、水の栓などがすべて完全に動いた宿は一つもなかった代わり、水が出なかったり、電気がつかなかったり、トイレが流れなかったりしたところもなかった。経営者に能力がないのではない。資本主義社会の競争に勝ち抜くには、ホテル業がどれだけの神経を遣わねばならないか、外界のレベルを知らないのである。

今回語れるのは新疆ウイグル自治区と上海だけだが、びっくりしたのは、刺繍したハンカチが九千円で売られていることである。日本では二千円も出せば、すばらしいデザインと材質のが買える。「九千円のハンカチなど、日本人はとても買わないと思いますよ」と言うと「しかしこれは刺繍で手がこんでいるから」と言う。その刺繍の色もデザインも、日本人好みではないのに平然としている。やはり中国は偉大な国である。

上海では、昔は簡単にその辺の店で買えた木工細工が消えてしまった。どうしてだかわからない。

実は昔ながらの職人芸というものは、現代の精密工業、たとえば半導体産業などを創るのに大変大切な下地なのだと私は思っている。職人が凝りに凝って精密な細工に生涯をかけ、弟子の未熟な技術を叱り飛ばす神経と、それを認める社会的な了解とがどこかにあってこそ、誤差何万分の一という半導体チップを作り出す執念が形成されるのである。日本もやはり伝統的職人芸を大切にしなければならない。職人が軽くあしらわれ、技術もない「芸術家もどき」がはったり根性で作った拙い作品が、途方もない値段で売られる社会はあまりいいものではない。

本一冊まともに読み通したこともないような人が、大学へ行くことはないのだ。それより、好きな手仕事があれば、職人として尊敬されて暮らす方がどんなにみごとな生涯かしれない。

国家の財産
——解決策を常に考える日本人の国民性

私は今、アフリカにやって来て、現在ウガンダのエンテベに滞在中である。アフリカに来ると、すべての生活の局面で私たちは再教育される。日本では、空港で預けた荷物は間違いなく出て来ることに決まっているが、アフリカではそんな保証はどこにもない。

もっとも、私の荷物の一個が、まだふらふらと無賃旅行を続けていて届いていないのは、ロンドンのガトウィック空港の責任だということはわかっている。私が自分の荷物が出て来る度にバンザイを叫びたくなる癖がついているのは、手荷物操作が世界の多くの国でまだ決して完全にできていないので、出て来て当たり前、ではなく、出て来るとよかった！　と思うからなのである。

ウガンダはアフリカの中でも気候がよく、食料の自給可能な国と言われている。しかし田舎に行けば子供たちはまだハダシだ。電気も路線バスもない。字の読めない人は国民の三十五パーセントだというが、義務教育中に（ということは小学校一、二年で）もう学校に行かなくなってしまう子が多いのが悩みだという。家で耕作や牛飼いを手伝わせるのである。

当時私が働いていた日本財団は、この国で農業改革を支援していたのだが、農民の多くは「なぜ」そうなのかを理解しない。表土がなぜ大切なのか、土地の水不足という問題を解消するにはどうしたらいいか、日本人だったら基本から考える人が学歴に関係なくたくさんいるが、アフリカの多くの農村ではそうではない。

もっとも今では意欲のある地方の指導者もたくさん出ているし、婦人運動も盛んである。州の農業大臣は非常に知的な人であった。

けれど、これが農業改革運動の結果だというトウモロコシ畑なども、人の背丈の倍近くにも伸びて高さはバラバラだし、株間も一定でなく、ウイルス病も発生していたりして、この程度が誇るべき実験農場の結果なのですか、と日本人は言うに違いない。「なぜ」と「どうしたら解決するか」を考える癖のある国民を持っている、ということは、数字で表わし切れない国家の財産である。

ホテルでは夕食を頼むと二時間半はかかる。パンは頼まない限り持ってこない。悪気ではなく忘れているのである。これが首都で第一と言われるホテルの実態だ。しかしあくせくと餌のように物を食べ、急いで仕事に戻る日本人の貧しさをしみじみと考えさせられる時間でもある。

ウガンダのあちこちに、民間資本の会社ができかけている。革を取るためのワニの飼育場や、花の生産農場である。そこに必ず外国人の共同経営者、技術指導者、マネジャーなどの姿がついて回っている。オランダ人、イタリア人、インド人などである。白人による経済支配の影である。

再び「歴史は繰り返すのか」と恐れる人は、決して私だけではないだろう。

生ガキ闘争
——争いというものは損になるものだ

車椅子や視力障害の方たちと、毎年イタリアとイスラエルに「聖地巡礼」の旅行をしているのだが、昨年、パレスチナとの衝突が起きた数日後に予感がして、今回の旅行はイスラエルを避けることにした。前回も、パレスチナ側からスカッド・ミサイルが撃ち込まれたイスラエルの町から七キロほど離れたところでピクニックをしていたのだが、別に何ということもなかった。行こうと思えば今年も行けないことはないだろうが、素早く行動できない人たちをことさら異常な状況にさらす必要もない。

物質的な点だけを問題にするわけではないが、争いというものは損になるものだ。少なくともイスラエルは多くの観光客を失っている。

イスラエルの代わりに、今年はポーランドと、ミラノからルルド、スペインのサンチャゴ・デ・コンポステラへの巡礼路を辿ることにした。ポーランドでは、アウシュヴィッツと、チェンストホヴァにある「黒いマリア」への信仰に与（あずか）るためである。まだベルリンの壁があった頃、ポーランドの教会には、日曜のミサの時、ひざまずく空間がないほどの人が集まっていた。「苦しい時の神頼み」と言う人もいるだろうが、私は「苦悩は人を思索的にする」と思っている。今、ポーランド人たちは、それほどの思いをこめて教会には集まらないが、それでも午前五時四十五分頃から、数百人のティーンエージャーたちがミサに与るために「黒いマリア」さまの教会にやって来るのには驚いた。青少年を宗教教育から遠ざけねばならない、と思いこんでいる日本とは大きな違いである。

イタリアからバスでフランスに入る時も、国境で停まることやパスポートの提示を要求されることはなかった。ニースに泊まった夜は夕食に氷を載せた大皿の上に、生ガキ、エビ、カニなどを山盛りにした海の幸を出してくれるレストランに行った。私は団体行動中は生ものを食べない。昔フランスでムール貝にあたったお嬢さんを、救急車で病院に連れて行ったこともあったので、それ以来、本当は生ものを出してほしくないのである。

自己責任において生の貝を食べたい人はそれでいいのだから、私のだけカキに火を通してもらおうとしたら、ちょっと偉そうな食堂の主任が「うちのカキは大丈夫です」とてんで受けつけない。私たちのやりとりを聞いていたイタリア在住の友人は嬉しそうに「フランス人を変えさせるなんてできるもんですか」と言った。それでも私は生ガキを食べず、食べた人は何でもなかった。

日本の総理と外相は、こうした人々を相手にするのだから哲学をもってしたたかであっていただきたい。

財布の口を開けているのに
——使用者の側に立って物事を考える

対日感情を向こうが苛立てない限り、韓国は最も人気のある観光地として飛行機の便もとりにくいほどだと聞いていたが、今度、ひさしぶりに旅行する機会に恵まれた。もっとも私は仕事が半分以上だから、買い物一つにしても、慶州でたった一日のんびりしただけで、ゆっくり時間を割くこともできなかったが、それでも韓国も日本以上に、マーケットリサーチをしない国だと思った。

日本以上に、というのは、数年前、金沢で輪島塗のランチョン・マットを探そうとした時そう思ったのだ。金沢は子供の時住んでいた懐かしい土地で、輪島塗にせよ九谷焼にせよ、私が惹かれてやまないものなのだが、自信に溢れた金沢の輪島塗業者さんたちにとっては、東京人種の生活に合った縁無し盆(ランチョン・マット)などという怪しげな商品は、眼中にないのである。

ここはお膳文化の土地だから、ランチョン・マットではなく、必ず縁がついたお盆の形になる。しかし私たちの生活では、最近はビフテキやシチューもよく食べる。洋食には縁がない方が開放的で、スプーンやフォークを置いても気分がいいのである。その点、会津塗の方がずっと進歩的で、私が今使っている塗りの日本風ランチョン・マットやお椀は、ほとんどが新しい会津塗である。

韓国は、白磁・青磁の文化だから仕方がないのだが、お土産物屋で売るものでも、相変わらず真っ白の韓国風の形か、青磁なら古い雲鶴模様ばかり。飯茶碗は韓国文化の中にないのだから当然といえば当然だが、買いたいと思っている隣国日本の需要など全く眼中にないのである。だからこちらは「財布の口を開けて」店に入っているのに買うものがない。

螺鈿(らでん)細工もすばらしいのだが、デザインも昔ながらの単一なものだけだから、日本に持って帰っても使えそうにない。

ブランドものが安いと聞いていたが、もともと五万円以上もするハンドバッグなど私はめったに買わないし、たまにそういうものを買う時でも、日本でバーゲンセールを狙えば、五万円も出さずに必ず買えるのである。だから免税店と称する店の売り場も閑散としている。韓国がショッピング天国だなどというのは、今や風評だけだ。

要するに、売れない売れない、と言いながら、どこの国の商人も強欲の上に、さらに自分の自信の上にあぐらをかいて、マーケットリサーチを真剣にしないのである。

人間の生活は絶えず変化している。生活用品でも、使うものが違って行く。どうしてそれを絶えず研究しないで、商売ができるのだろう、と思うことがある。使用者の側に立ってものを考える、ということは、それほどむずかしいことなのだろうか。

手製のマーマレード

──「他人と同じでいい」という発想から衰退が始まる

一年に一度ずつ、障害者や高齢者を含めたイスラエル旅行をして、これで十七年が経った。

毎年少しずつ、新しい試みが加えられている。遊牧民のテントに泊まったり、植樹をしたりもした。来年はイエスよりほんの少し前に生きていたヘロデ大王が作ったマサダの城砦の上で、満月の夜に野営をする計画を立てている。本当はこういう企画は旅行社泣かせなのである。

しかし荒野や砂漠の満月の夜に、その月光の中で眠るほどぜいたくはない。一瞬「これで死んでもいい」と思いそうになる。サハラ中央部では満月の晩、月光は瞼の裏まで貫くほどの明るさであった。眩しくて眠れない。星だらけの蒼穹が私の天蓋であった。

しかし私たちがイスラエルの旅で必ず最後に休むのは、ガリラヤ湖畔のキブツが経営する「ノフ・ゲノサレ」という簡素な宿である。テレビはあるが冷蔵庫はない。しかしファックス代が大変安いので、私など大感激である。

それに食事がすばらしかった。採れたての野菜が山のように出る。赤いカブのジュース、赤青黄のピーマン、自家製のチーズ。中でも私が惹きつけられたのはキブツ製の手製の苺ジャムとオレンジのマーマレードだった。ビュッフェのテーブルの端の方に、見場の悪い素焼きの壺にどかっと入っているのが、また魅力的なのである。

ことにマーマレードは逸品だった。というか日本みたいに細く切ってない。大量に作るのだから手抜きをして、皮の一片が親指の爪くらいの面積があるのも混じっている。しかしそれがまた飴色に煮えていて、豪快な美味しさだったのだ。

ところが今年行ってみたら、カブのジュースもなかった。苺ジャムもマーマレードも、市販のジェリーみたいなつまらないものが平気で出されていてがっかりしてしまった。ガリラヤ湖の水位も信じられないほど下がっていて、今にこの湖はなくなるのではないかと心配する人もいた。計算上の水量は、まだ六百年は充分保つのだそうだが、素人は不安がるのである。

まだ湖の周辺は花もいっぱいである。猫ものびのび。小鳥もお喋り。風も光もかぐわしいから、一応はお客も来るだろうが、問題は成功したキブツの落ちて行く姿が、あまりにも明らかに見え始めたことだ。

何でも他と同じことをするようになって、それでどこが悪い、と考えるようになったら、まもなく客足は遠のくだろう。一つの企業の堕落と衰退は、他人と同じことをしていれば、レベルに達しているじゃないか、という発想に侵された瞬間に始まるのだ、ということが今度初めてわかったのである。

独立
――あらゆる国にはいろいろな国家の形態がある

二〇〇二年のことだが、東ティモールの独立に当たって、かなりの記事が日本でも出た。

「過去を忘れて、未来を見つめる」とシャナナ・グスマン大統領は言い、それは現地の多くの人々も口にする言葉だという。独立するまでにどれほどの物心両面の犠牲があったか、外国人の私は知識としてしか知る方途もないのだが。

二〇〇〇年二月、私が東ティモールに入ったのは、ヤマト運輸が東ティモールの再建のために寄贈するセコハンのトラック三十台分の運送費一千万円を、私の働いているNGO「海外邦人宣教者活動援助後援会」で引き受けてくれないかと頼まれたからである。

お金を出す代わりに、私は現地へ行ってトラックが公正に使われるよう主だった人に釘をさして回ることにした。

コマーシャル・フライト（定期便）がまだなかったので、私たちはジャカルタで、国際赤十字のチャーターした旧ソ連製の飛行機に乗せてもらい、国連の押したスタンプだけで東ティモールに入ることになった。

東ティモールではまず学生たちに会った。愛国心があり、何とかして自分たちの国を造りたいという情熱に溢れた優秀な学生たちで、指導者の一人はインドネシア大学の農学部の学生だった。しかし彼らは、未来の産業、国を支える経済の基本的な姿ということになると、何一つビジョンらしいものはなく押し黙っていた。石油や天然ガスが出ると言うが、オーストラリアも利権を手放さないと言うし、わずか人口八十万人の東ティモールが、この厳しい国際経済の中で、独立後の国造りをどうしてやって行くのか、暗澹たる思いになる。しかしこういう言い方さえ、昨今は許されないのだ。独立は神聖で、いかなる理由にも優先するからである。

多くの国が独立したアフリカでも南米でも、独立とは名ばかりの国の現状がどれほど多いか。人々は貧困の中に放置され、子供たちは学校に行ける状況にない。電気も、交通手段も、医療設備もないに等しい土地はいくらでもある。

日本人が考えるような独立はむずかしい、と言うと、それは旧宗主国のせいだ、という答えが必ず出て来る。何年までは宗主国の責任と見なすのが適当なのか。

昔から親と対立した息子が、家出して独立を図る話はよくある。親の庇護と経済的な支援をすべて断ち、肉体労働をして生きると言うなら立派なものだが、その息子が、知人からの借金に頼ったり、年上の女のヒモになって生きるのでは、おん出た当人も、追い出した親も悲しかったものである。

もちろんあらゆる国にはいろいろな国家の形態がある。観光専門国家、カジノ国家、宗教本山国家、船籍無税優遇国家など。いずれにせよ、それなりの経済的自立の公算もないのに独立する時でも、国際社会は一応祝福してみせることになっているが、私はどうしてもついて行けない。

エビに刺される
——東ティモール独立後の風景

私の一家は、皆が文学部系で、経済にはうといのだが、その中でも一番無知な私に息子はよく、「途上国へはお金や薬の援助もいいけど、本当はその国でできるものを買ってあげるのがいいと思うよ。コーヒーでもお茶でも胡椒でも」と言う。

先週、東ティモールに仕事で出かけて、内陸の田舎町まで三時間半、車に揺られて行った時にも、私の頭のどこかにそんな思いがあったのだろう。海岸に沿った村で並木の木に袋に入れた干しエビを吊るして売っていたので、早速買うことにした。

いわゆる日本で言う桜エビである。日本ネギを刻んで、このエビと一緒にかき揚げにして天麩羅蕎麦に載せるのが、私は大好きなのである。

売っていると言っても、一袋は掌に載るくらいの量で、大振りのかき揚げならせいぜい四、五個分だろうか。しかも商品はたった四袋しかない。一袋の値段は十四円である。先生の月給が七千七百円という国だから、一日に四袋しか売らなくても、一応商売をしたと言えるのかもしれないが、眼の前はずっと海なのだ。タコ、イカ、アサリ、サザエ、ハマグリの類はどこかで獲れないのか、と私はやきもきした。

しかしそんな田舎の村まで、民兵は徹底して焼き尽くした。街道沿いの家だけ焼いているのではない。裏の方、ぽつんと離れた家、はるかかなたの家まで、わざわざ出向いて行って、総なめに、徹底して焼いている。しかも半焼というものがないのだ。どの家も全焼である。乾期を狙ったというが、放火の訓練を受けたプロの集団でなければできない技術だと思う。

独立後の今は、貧しいなりに人々の生活は安定している。子供の学校も、焼けたままの校舎で再開した。

しかし、人々の生活はまだ元に戻っていない。もともと貧しい蓄えのない人が家を焼かれたのだから、復興が遅れるのは当然だ。これから建てる家を少しでも安くするために焼け跡で釘を拾っている父子もいた。

私の干しエビの買い物は、しかし困りものだった。カバンの中で臭いだしたのである。実に上手に干してあるから大丈夫、と思ったのだが、パジャマにまで臭いが移るようになった。私は仕方なく、持っていた密封容器にエビを移すことにした。その時、私はエビの角？　で指を刺された。それが次第に腫れて痛くなってきた。

エビに刺された傷が元で死ぬのは少し悲しいなあ、と私は思った。たった一つだけ豪州のダーウィンに飛んでいる民間航空機は便が少なくて、どうしても割り込めない。やっと国連の貨物機の空席に乗せてもらって東ティモールを脱出した頃、指の傷も治っていた。

政教完全一致
――自分の尺度で世界を見る危険

初めてイランに行った時には、非常にいい勉強をした。

私たち日本人の多くは宗教を、日曜日とか冠婚葬祭の時に限って効力を発揮するものだと思っている。つまり普段は、ほとんど誰もが無宗教に近い暮らしをしていて、たまたまその人をよく調べてみると、仏教徒だったりキリスト教徒だったりするという感じである。

しかしイランはそうではない。宗教がそのまま政治なのである。上級官吏は（すべてか一部かはまだはっきりしないのだが）宗教家である。

イマームというのが最高位でカトリックの法王に当たる。その下にアヤトラ以下いくつかの階級があり、ホメイニはアヤトラであった。アヤトラはヴァチカンの枢機卿に当たる、という。

旅の目的は、私が勤めていた日本財団が、ＵＮＨＣＲ（国連難民高等弁務官事務所）に対して、イラン国内に流入したクルド難民の医療保護のために百万ドルを拠出したので、その状況を見るためであった。礼儀を失しないように気をつけながら、お金を出したら口も出すのが当然だ、と私は考えているのである。

イランという国は約六千万人の人口に対して二百万人の難民を受け入れている。理由は複雑だが、イスラムは慈悲というものを大義名分にしている。

人口比率で言えば、日本だったら、四百万人の難民を受け入れることになるのだから、石油の価格が一バレル十ドル近くまで下がってしまっているイランとしてはなかなか大変なことである。日本財団が百万ドル出したって、一人当たりたった五十セントにしかならない。

そんなこともあって、イランでは内務省でホセイニ局長にお会いした。イランでは男女は決して握手をしないから、私は日本式にお辞儀をした。

ホセイニ局長は、ムラーという、カトリックだったら司祭に当たる宗教上の地位の方で、白いターバンを頭に巻き、私もヒジャーブという長い上着にスカーフで髪を隠している。

私の後ろから、ＵＮＨＣＲの現地事務所長のカナダ人が小声で、「局長はあなたの顔を見なかったでしょう。あれが女性に対する礼儀です」と解説してくれた。

イランでは、政治だけでなく、経済も司法も、すべて宗教上の指導者が握っている。政教分離どころか、政教は完全に一致している。一方、庶民は自分が所属する宗教上の指導者を自分で選ぶことができるのだそうだ。だから宗教家は檀家獲得に狂奔する。檀家が増えれば、政治的、社会的な権力が強くなり、集金力も増すからである。

そういう宗教家たちに対してイランのインテリはかなりはっきりと批判的である。人前で握手をすることはその反抗の一つの表われであるらしい。こういう現実の端っこなりとも知らずに自分の尺度で世界を見ると危険になって来る。

人間モザイクの土地
——信仰が優先する社会では発展だけがいいことではない

一年に一度は、障害者の方たちとイスラエルに行くが、その度に日本的な発想にゆさぶりをかけられるのに一種の快感を覚える。

イスラエルでは、すべての町がアラブかユダヤかどちらかの町ということがはっきりしている。エルサレムとかヤッフォのような大きな町では、この区域はユダヤ人たち、ここからはアラブ人たちの町というふうに住み分けができている。

しばらくそういう光景に馴れると、説明を受けなくても何となくわかるようになる。ユダヤ人の町には殺風景な清潔感があり、アラブ人の町には乱雑な温かさがある。

ユダヤ人は高層マンションに住むが、アラブ人は平屋を好むので、集合住宅もせいぜいで三階どまりである。

イエス降誕の地とされるベツレヘムはパレスチナ人の町で、ここにはユダヤ人の兵隊の姿はない。パレスチナの警察だけが警備に当たっている。

イスラエルでは車のナンバープレートもユダヤは黄色、アラブは青か白、というふうに分けられているから、アラブ人の町へ行くには、アラブのナンバープレートを持つ車に乗り換えて行くのが安全の要訣である。

しかしベツレヘムにだけは、ユダヤ・ナンバーをつけた我々のバスも平気で入って行く。パレスチナ人のクリスチャンというのもいないではないのだが、数は少ないから、ユダヤのバスがパレスチナ人の町、ベツレヘムで安全である理由は他に探さねばならない。

つまりベツレヘムという町の経済はキリスト教徒の旅行者で保っているわけだから、もしベツレヘムの町中でキリスト教徒たちに対するテロが行われ、巡礼者たちが来なくなるという事態が起こったら、町は立ち行かなくなるということがわかっているので、暴力行為は行われずに済んでいるのである。

南アフリカでも日本でも、特定の肌の色や宗教の人たちはかたまって暮らせと言うと差別と受け取られるのだが、イスラエルでは住み分けというものなのだ。

イスラエルのホテルでは、ビジネスセンターも安息日の土曜には閉まる。ファックスで日本に送らねばならない原稿がある時は一瞬はっとするが、その時にはコンシェルジュが代わりに送信をやってくれる。それくらいならビジネスセンターに、クリスチャンかイスラム教徒を混ぜて採用し、ユダヤ教の安息日には彼らに業務を続けさせればいいのに、と思うが、店を閉める、という行為が、数千年来の信仰の表現であり、社会慣習になっている。

こういう点にイスラエルの発展の限界がありそうに思えるのだが、信仰が優先する社会では、発展だけがいいことではない、という哲学もちゃんと用意されているところがみごとなのである。

第二章　人間は便利さより、不便の中で多くを発見する

神なき人間はない
——人間は便利さより、不便の中で多くを発見する

日本では宗教は、科学的なものと真っ向から対立するもののように思われている。私も一応カトリックなので「ソノさんは、信仰と小説をどういうふうに分けているんですか?」と聞かれたことも一度や二度ではない。私は日曜のミサもよくさぼる劣等カトリック教徒なのだが、それでも考え方自体がキリスト教的なので、私の文学の中に少しでも面白く思われるものがあるとすれば、それは読者がカトリックの思想に敏感に反応しているからなのである。

毎年、障害者たちとイスラエルに旅行していると、イスラエルの社会全体が、日本では考えられないほどの強烈な宗教的な規律の中で生きていることがよくわかる。ユダヤ

教の安息日は金曜日の夕方から翌日の土曜日の日没まで続くのだが、その間は、その教えに明らかに反していることを表明している店やレストラン以外はすべて閉まってしまう。

一言で言うと不便なのだが、不便だからやめようなどという気持ちは全くない。なぜなら、その戒律の中でこそ、人間はまっとうに生きられるのだということを知っているからである。

日本の若者だったら、「そんな不便な規則を何で守るのよ」と言うだろうが、人間は便利さより、不便の中で発見することの方がずっと多いのである。

宗教を持つことは、日本では非理知的な人物像を示すが、ユダヤ教、キリスト教、イスラム教、ヒンドゥ教、仏教の世界では決してそうではない。それらの国では、入国のカードに宗教を書く欄のあることも多いが、何であっても、とにかく宗教を明示することは相手から見て望ましいことなのである。日本人のように「無宗教」と書く方がずっと危険人物扱いされる。

人間は誰もが悪いことをするのだが、まだしも宗教を持つ人の方が、良心や慈悲を持っていることの方が多い。淫らな行為にもブレーキがかかる。とは言うものの、一神教の中で一番いいかげんなのがキリスト教で、町に娼婦のいるのは、クリスチャンの国に多い。

「汝、殺すなかれ」という神の命令を受けたイスラエルでも、兵役はあるし、「信仰があるのに、人を殺してもいいのですか」とこちらが聞くと「殺戮はいけないが、正当防衛のためならいいのだ」と言う。英語で言うと、kill（一般の殺し）と、massacre（殺戮）は明らかに違うのだと言う。

エルサレム市内には、安息日も守らず、ユダヤ教徒もイスラム教徒も食べない豚肉を出すホテルのレストランもあるが、その場合は、これらのことは意識した抵抗として行っている。違反は抵抗の精神を培う。「宗教なんか何なのさ」と言う人が一番尊敬も受けず、対等に扱われない。そこが日本と一番大きく違う。

貧富の落差
――文明から離れた蛍の里で

私が働いている小さなNGOに、この頃、世界各国の僻地で働いているカトリックの神父や修道女から、しきりに活動のための車を買ってほしい、という要請が来るようになった。

何しろ路線バスというものが全くないか、あっても一日に数本、それも時間通りに来ることはまずない、という状況では、修道院から仕事場に向かうにも、いつ来るともしれないバスを砂塵濛々の暑い道端で何十分、時には一時間以上もあてどなく待っていなければならない。

日本人は計画通りに事が運べば、それは時間当たりの労働が増える、というふうにではなく、むしろ効率よく働けた、という快適さにつなげて考えるのだが、こういう無為な時間の使い方をさせられると、虚しさで疲れて来る。

それをよく知っているので、私たちの組織は、比較的早くから僻地で働く人たちに車を買うことを認めて来た。神父や修道女たちはこれで識字教育の教室にも通えば、村の診療所にも出勤する。修道女たちには幼稚園の先生、看護師さん、助産師さんも多いのである。その他にも車は病人や産婦を乗せ、修道院に必要な食料や燃料や、あらゆる生活物資を運ぶ。だから車が遊びの道具だなどと思ったことはない。しかし昨今のように、これほどあちこちの拠点からいっせいに車を要求されることはなかったのである。

それは推測の域を出ないのだが、恐らく主にアフリカなどの諸国の貧困がさらに進んだということなのだろう。或いは国家としては一応の発展を遂げていても、再び富が一部の階級の少数の家族の手に握られ、富む者はさらに大きな富を手にし、貧しい者はいよいよ貧しくなる、という社会形態が現われて来たことを意味するだろう。

多くの国で、貧しい人たちのことはほとんど顧みられない、という状況によく出くわす。私は九月下旬から十月上旬のアフリカ旅行でピグミーの住む地域に入った。その国の首都から約六百キロ、車で十時間から悪くすると十三時間はかかるという文明から離れた蛍の里である。

そこから帰って来て、首都の或る財団に招かれたが、私たちがピグミーの森に行ったと言っても、そこの衛生状態に関心を示す人たちは全くいなかった。その財団の女性の代表者は、立派な民族服を着てダイヤの指輪をいくつもはめ、爪をきれいにそめて、貧しい赤ん坊を抱いている写真をパンフレットにいく枚も載せていた。とうていそういう感覚に、私たちはついて行けない、という気分である。

蛍がいるということは、人工のものがないということだ。電気や水道を使いながら蛍を期待することなど無理な話なのである。

もう一つの宗教戦争
――世界の主な宗教についての知識を持つこと

最近お金儲けの話として面白かったのは、風雲急を告げる中東で、というよりイスラム教徒の中で起きた大当たりの話である。

フランスに住むタウフィク・マスルゥティ氏（46）は、マイノリティであるイスラム教徒のための小さなラジオ局を経営しており、彼の二人の息子たちはコカ・コーラとマクドナルドが大好きだった。

しかし十歳の息子は、父親がアメリカ資本を儲けさせるようなコカ・コーラとハンバーガーを食べてはいけないと禁止すると、悲しそうな顔をして答えた。

「パパ、僕はコカ・コーラはやめる。だけど何かほかのものを許してよ」

その時この父にはアイディアが浮かんだ。数カ月に及ぶ準備の末、彼は「メッカ・コーラ」発売に踏み切った。言うまでもなく、メッカはイスラム教の聖地、そしてイスラム教徒たちはアルコール入りの飲み物を口にしないから、このコカ・コーラに似てコカ・コーラにあらざる飲み物は、まことに時宜に叶っていたのであろう。アメリカの中東政策に抗議して、アメリカ・ブランド不買運動をしているフランスのイスラム教徒たちのために、彼の会社は十二月初めには百万本の「メッカ・コーラ」を出荷するようになった。

一・五リッター入りの壜は、赤いラベルに白字でメッカのMの字の下を長く伸ばしたデザインで、コカ・コーラにかなりよく似ているが、主な顧客は一九七七年にチュニジアからフランスに移住して市民権を持った人たちだ。もちろんほかのヨーロッパ諸国にも出しているし、アメリカ本土の、ことに大学からの注文が多い。

「戦争になったら、もっと儲かります」と彼は言う。

宗教・思想による商品ボイコットは、昔日本のカゴメ・ケチャップが気の毒な目に遭った。カゴメの商標が、イスラエルのダビデの星と同じだったから、他のアラブ諸国が不買運動を起こしたのである。今回被害を受けたのは「プロクター&ギャンブル」社で、この会社はアリエールという洗剤を出しているが、それはイスラエルのアリエル・シャロン首相を讃えて命名されたと思われているからだ。アリエルというのはエルサレムの町の象徴的な別名でもあるし、ユダヤ教の燔祭壇(はんさい)に与えられた「神の炉」のことでもある。

これからは日本の製造業も商社も、世界の主な宗教について学んでかなりの知識を持たなければ、こうした宗教・経済戦争の波をかぶることは必定だろう。

マスルゥティ氏は「私はアメリカの競争原理の讃美者ですし、そのダイナミズムに影響を受けた者なんです。しかし私にもアメリカの政治の専横に反対する自由はあります」と語っているという。

プーチン・ソング
――「強力な指導者」という評価

日本の新聞は、なぜか「面白い話」というものを伝えてくれないので、私は仕方なく英字新聞を取っているのだが、その中で傑作なのは、ロシアで七百五十人以上が人質となったモスクワの劇場テロ以来、プーチンの人気が大幅に上がって「プーチン・ソング」まで生まれた、という報道である。

五十七時間後に特殊部隊の強行突入という形で事件はやっと終わりを告げたが、テロリストを制圧するために使われたガスで死んだ人は、一般人が百二十人、チェチェンのテロリストが五十人と言われ、その後、実際の死者は三百人にものぼるだろう、という報道もあったと記憶する。正確な数が発表されていないとしたら、それも極めてロシア的だということになるだろう。

毒ガスの種類もまだ突き止められていない。手術に使われる麻酔用のガスだと言われていたが、十一月初めのアメリカとヨーロッパの専門家たちの見解によると、あのような結果を生むのは、麻酔用のフェンタニールだけではなく、複数の他の薬が使われて、人々は行動の自由を奪われ、死亡したと見られている。

もちろん、ロシアは国際条約で禁止されているような薬品は使っていない、と言っているが、それなら何だったのか、なぜ人質に解毒剤を用意できなかったのかという疑問は残るだろう。

それにもかかわらず、事件後約千六百人のロシア人がインタビューを受けたが、八十六パーセントの人が、このテロ事件に関するプーチンのやり方を支持していると、世論調査の会社は発表した。

そのあげくにプーチン・ソングまでできたというのだから、日本の政治家はさぞかし羨ましいことだろう。その歌詞は次のようなものである。英訳からさらに意訳したのだから、原文の味が残っているかどうかは保証の限りではないのだが……。

「私は、プーチンみたいな、力のある人が好きよ。
プーチンみたいにお酒を飲まず、
プーチンみたいに私を苛めないで、
プーチンみたいに私を捨てない人が好きよ」

これを歌ったのは、女性三人の『歌うのは一緒』というボーカルグループだという。

どうしてロシアの警察は、五十人ものテロリスト集団があれだけの量の爆薬を持って劇場に入るのを見逃してしまったのか、ということもプーチンの責任なのだが、それでもロシア人が、彼を強力な指導者と見ていることを、私たち日本人は知らねばならない。だから一見、無責任に面白いこうしたお話も、日本の新聞は報道しなければならないのである。

人のせいにする
――自分で生き方を選択できる国に生まれて

ニューヨークでビルの管理と補修をしている会社に勤めるシーザー・バーバーさん（56）は、アメリカの四つの有名なファーストフードの店、マクドナルド、バーガーキング、ウェンディーズ、ケンタッキー・フライドチキンを訴えた。バーバーさんは、身長は一メートル七十八センチ、体重は百二十三キロあまりあり、肥満から来る糖尿病と心臓病を患っていたが、その原因がこの四つの店にあるというのである。

彼は一九五〇年代から、こうした店で食べ続け、一九九六年と九九年には心臓発作を起こしたが、それでも止めなかった。「牛肉百パーセントというから大丈夫と思った」というのがその理由だそうだ。

アメリカでは過去に煙草訴訟というのがあって、訴えた人は莫大な賠償金を獲得した。人に先んじて訴えた人が勝ちという、異常事態が起きたのである。このバーバーさんという人も、どこかで誰かに担がれたか、そそのかされたかして、こういうことをしたのだろうが、今度は裁判官たちも常識に立ち返って、素早く訴えを棄却する例を作ってほしいものだ。

世間には、確かに被害者に百パーセント非がないこともある。被害者の乗っていた列車が衝突したとか、道を歩いている時に突風が吹いて落ちてきた看板が被害者の頭を直撃したとかいう場合には、被害者に責任は全くない。

しかし少なくとも自由に食生活を選べる先進国社会においては、食べ物を食べた結果は、百パーセント、食べた人に責任があるだろう。煙草も同じである。

一時代前まで、煙草の害もあまり公には言われなかった。しかし今では、誰でも煙草は体に毒だと聞かされている。彼らはそれでも吸ったのである。

肥満が悪いということも、今では世間の常識になった。だから肝臓の障害で死者が出るほどのきつい薬を飲んでも痩せようとする。ハンバーガーやフライドチキンを食べ続けて太ったらどうなるか、を知らない人は考えられない。

人は自分の行動を選べないこともある。恐怖政治が行われて自由が阻害されていたり、食物が極度に不足していて選ぶことができなかったりする場合の結果を、当人の責任にするのはかわいそうだ。

しかし日本では誰もが、本や新聞を読める教育を受け、しかも経済、政治、社会のあらゆる面から自分で生き方を選択できる。それなのに、未だにすべての結果を人のせいにする空気が残っている。

援助交際で殺された場合、もちろん悪いのは殺した側だが、僅かにせよ、殺された側にも非はある。それを言わないから、予防的措置ができないで犠牲者が増えるのである。

娯楽としての戦争
――庶民に慎ましくまともな生活をさせるのが為政者の任務

アメリカの同時多発テロは、私たちに多くのことを思わせる。宗教というものは、何ていやなものなの？　と言った人もいるが、キリスト者である私は、肯定も否定もしない。破壊的ないやなものにもなるし、信念の柱にもなりうる。どちらとも言いがたいのである。

しかしとにかく大切なのは、人々、人民、国民、何と呼んでもいいが、とにかく庶民として生きる人たちには、慎ましくまともな生活をさせることが、為政者の大きな任務だということだ。

水が出て、暖房と、できたら冷房があり、夫婦や子供の部屋があり、台所と風呂場とトイレがそれなりに清潔で、まず職場、ついで食べ物の供給、教育機関、医療機関、娯楽の設備、などが必要だということだ。事件以来一部タリバンの生活が紹介された。オサマは多分風呂になど入らない。タリバンは何を食べているか。恐らく私たちだったら、耐えられないほど素朴なものだ。毎日洗濯したてのものを着るなどというぜいたくは考えられない。

家と言っても土の家だ。さもなければ、埃がいくらでも舞い込むような家だ。田舎なら電気もない。冷たいビールも（イスラム教はもともと酒を飲まないが）、アイスクリームも、テレビも、テレビゲームも、ケータイもない世界だ。

そうなったら、人は何をするか。

セックスと闘争ほど楽しい娯楽はないだろう。電気がなければ、暗くなったら寝る他はない。本も読めない星空の世界だ。娯楽が全くない世界で、タンクや機関銃を持たせてもらえれば私でも戦争に夢中になる。

私はシンガポールに時々長逗留しているが、理由は治安がよくて便利だからである。シンガポールには停電がない。シンガポーリアンは、若い娘でも政府が建てたアパートに入居できる。初めは小さいところらしいが、知人の家の運転手さんは四ＬＤＫに住んでいる。

アパートにはもちろん台所があるが、中には家では炊事をしない人もいる。アパートのブロックごとに、食堂が完備されていて、その方が安上がりだからだという。その食堂も、中国系用（食材は何でもいい）、マレー系用（イスラムだから豚肉なし）、インド系用（ヒンドゥの掟に従って聖なる牛の肉は使わない）と厳密に分かれて運営されている。

楽な生活ができれば、人は強盗や掏摸(すり)をするために危ない橋を渡ったり、自爆テロに志願してせめてあの世で幸福を得ようなどと思わない。タリバンたちが町で騒擾(そうじょう)行為に出たり、星条旗を焼いたりする気持ちが私にはよくわかる。他にすることがなくて生活が貧しければ、私でも気晴らしになることなら何でもやるだろうと思う。

またしても減点日本
——常日頃から、殺人や自殺の醜悪さを教えるべき

二〇〇一年九月十一日にアメリカで起きた同時多発テロ事件の当日、私はシンガポールにいて、ニュースは土地の英字新聞、ＢＢＣ、ＣＮＮ、ＮＨＫを通して知ることになった。日本字新聞は私のケチのせいで高価だから買わないのだが、英字紙のほうがはるかにニュース量も解説記事も多いので、その方がいいのである。その結果、図らずも日本人の政治力や性癖や志向を他国と比較して見ることになった。

こうした事件が起きると、いち早くその国の指導者が実際に起きたことに対して、いかなる現実的行動をとるかの表明が重大だ。シラクははっきりとアメリカ側に立って行動することを表明した。わが国の首相は、暴力は遺憾である、許し難い行為だという

「当然のこと」とその周辺を述べただけだった。このような暴力行為に関して怒りを感じるなどということは、今や自由世界はもちろん、社会主義社会でも言うことだ。誰でもが言うことは、ほとんど意味がないだけでなく、むしろその凡庸さの故に国際社会の評価では減点されるのが最近の趨勢だろう。

さらに日本人の人間としての浅はかさを見せたのは、政府だけでなくNHKまでが、ニューヨークの世界貿易センターにいた日本人の安否を気づかうことを優先する印象を与えたことだった。外務省や会社が「徹夜で情報の収拾に当たっています」という言葉が何度も繰り返されたが、外務省も関係会社もその機能と責任上、徹夜で生死を気づかうのは当たり前のことだ。ニュースとは無難で当たり前のことを言うことではなかったはずなのだが、いつからそのような堕落が始まったのだろう。

そしてさらにはっきり言えば、人一人の命は途方もなく大切で重くいとおしいものだが、こうした世界的な危機の中では、あのビルにいた日本人の生死の捜索が、日本の政治の関心のトップに来てはならないのである。もちろん家族や友人にとっては、それは世界が崩壊したのと同じことだ。愛する対象を失うということは自分の生の喪失と同じほどのものなのだが、むしろ教育は常日頃繰り返し繰り返し、殺人や自殺の醜悪な意味を教えるべきである。

政治の機能は全く別のものだ。再び同じようなことを起こさないためにはどうしたらいいか、という世界的戦略に対して、日本はどんな形で参加するのかしないのか、という意思表示こそ必要なのである。それは、政治家の個人的な哲学、経済的予測、心理的情報作戦、武力行使の効用性などを冷静に加味して初めてできることだ。日本人の安否だけを気づかっていれば人道にもとっていない、と安心するような子供じみた発想は、通らない社会を早く創出すべきだろう。

名前のありがたさ
――名前だけで個人が識別できる社会は、進化した構造

人間の名前に非常に重きを置くのはユダヤ人だという。私など誇るべき家系にも生まれなかったせいか、名前はかなりどうでもいい。ひどい場合は囚人番号でもいいと思っているが、それは私の信仰のせいなのである。番号で相手を呼ぶと人はきっと間違えるが、神は仮に名前など全くなくても、一人の人間を軽視も無視も他人と混同することもないと固く信じているからである。

しかし名前があった方がいいのは、私たちがともすればアダナをつけたがるのでもわかる。アダナは一瞬でその人を彷彿(ほうふつ)とさせる。カバとイカイヨウと二つのアダナで表わされる先生たちの風貌は、自ずと明らかではないか。

先頃、或る英字新聞でリビアのカダフィの綴りに西側が手を焼いているという記事を読んだ。カダフィに関してはざっと次のような綴りがあるのだという。Qaddafi／Kadafi／Gadhafi／Qatafi／Gaddafi。アメリカの情報局に至っては六十もの違った綴りを発見した。コンピューターで検索する時代だから、この綴りの不統一は大きな機能障害になるだろう。

カダフィ自身はアラビア語の綴りでしか自分の名前を書かないから、こういう話を聞くとホクソ笑んでいるに違いない。私は一度リビアにも行ったことがあるのだが、国中でアラビア語の表記しか認めていなかった。トリポリだという空港に着いた時も、アルファベットの表記は一つもないのだから、ここがトリポリだという保証はない、と思った。

機内の混乱はもっとすごかった。アラビア語でしか書いていない入国カードに、アラビア語のみで記入するように言われたのである。アラビア語の書ける人に皆が集まった。しかし私は自分勝手にいい加減に記入しておくことにした。国籍の箇所に生年月日、パスポート・ナンバーの欄に「日本人」などと書いたのだろうが、入国管理官は仕方なく、窓口で全部書き直してくれた。

アラブ人に多い名前は、ムハンマド、シェイク、アテフ、アタ、アル＝ハジなどである。アル＝ハジは、メッカ巡礼に一度行ったことのある人、ということだから、これまた大勢が集まるところでは、数十人もいるだろう。

ムハンマドの表記も、無数にあるが、何より国中ムハンマドだらけなのだ。アラブ人を労働者に使えば、その中に数十人のムハンマドがいることは珍しくない。だから「歯っかけのムハンマド」「禿(はげ)のムハンマド」「テレビ持ちのムハンマド」（俺はテレビを持っていると自慢するのだが、彼の村には電気が来ていない）など嘘でも本当でも何でもいいから特徴をつかまえて、個人の識別、判別の方途にする他、額の違う給料を正確に渡す方法はない。

その人の生まれ故郷でなくても、名前だけで個人が識別できる社会状況は、それだけでも進化した構造なのである。

人間の仕返し
——周囲を海で囲まれている日本の幸運

日本財団が支援しているアフリカの農業改革の年に行われる会議が、ウガンダのカンパラで開催された。

一小説家としてなら会話をする機会もないムセベニ大統領に個人的にお会いすることがあったが、この方はローリングス元ガーナ大統領と並ぶ個性豊かな方であった。自分の言葉で、周囲を恐れず、抽象的ではない話し方をされる。革を取るためのクロコダイルの養殖場へ私が行った話をすると、昔は人間はワニなど食べなかったものだが、長い間ワニに食われ続けて来たので仕返しにワニを食べるようになったのだと言う人がいる、と笑っておられた。

しかし大統領自身は、部族の掟として、牛肉しか食べない。鳥を食べると人間が舞い上がる、と言って以前は食べなかった。しかし今では、鶏だけは少し食べるようになった、そうだ。

私が、「鶏は空を飛びませんから、食べても舞い上がることはありません」と言うと、「でも私の父は、鶏を載せた皿は汚れていると言って決して使わない」とユダヤ人みたいなことを言われる。

「一番むずかしいことは何ですか」と尋ねると「マーケットを探すことだ」と言われた。

本当にそうだろうと思う。カンパラは高層ビルも並ぶ近代都市だが、一歩出れば貧しい農村である。電気はなく子供たちはハダシで、飴を配ろうとすると砂煙を上げての奪い合いになる。飴を買ってもらうお金などどこにもないから、飴が口に入るのは年に何度かだろう。

ウガンダの根本的な不運は海岸線を持たないことだ。ウガンダは五カ国に取りかこまれているが、それらの五カ国も貧しくて、とてもたくさんの物を買ってくれるような国ではない。

一番近い港がケニアのモンバサだが、そこまで約八百キロ。関東地方の産物をすべて岡山か広島あたりまで運んで輸出するようなものである。

物を買ってくれるのは主にヨーロッパなので、花や苗を栽培する会社は、自家用輸送機を持っている、という。港を持つ国は持たない国の輸出入業務に対して、いつもイジワルをするものだから、ウガンダの苦労も絶えないだろう。そこで初めて、ムセベニのような強力な個性を持つ大統領の、アフリカ諸国における指導力がものを言うようになるのである。

この国を「アフリカの真珠」と言ったのはチャーチルだそうだが、素人が見ていても、一国を経営する苦労は際限ない。とにかく、周囲を海で囲まれている日本の幸運は計り知れない。「だから日本ボケしている日本人がたくさんいるんですよ」と同行者の一人が言った。

死のトラック
——自国民が生命を賭けても国を出たいというのは、その国の恥

英国のドーバー港湾当局は、驚くべき事件を発見した。トマトを積んだトラックの中で、中国人の不法入国者五十八人が窒息死しているのが発見されたのである。内訳は五十四人の男性と四人の女性であった。トラックはベルギーのゼーブルッゲから海峡をフェリーで渡って来たものだった。

トラックを運転していたのはロッテルダム在住のオランダ人、ペリー・ワッカー（33）である。彼とロンドン在住の英語と中国語の通訳イン・グオ（29）は、この事件に関与していない、と言い張った。

ワッカーは、数百個のトマトの箱を積み込んだのは別の人たちで、ワッカーは既に施

錠されたトラックを運転しただけだ、と証言したが、当局は、トマトの箱に多くのワッカーの指紋を発見していた。彼は密航者たちが呼吸するために必要なたった一つの小さな換気口まで閉めてしまったのである。

ドーバー海峡をわたる六時間の間、密航者たちが次々と死んで行っている時に、ワッカーはゆっくりと夕飯を食べ映画を見ていた。中に人がいたのを知らなかったどころではない。換気口を閉めたのは、彼らが助けを求める声を外部に漏らさないようにするための処置であった。

イン・グオの名前と住所は、死者たちの多くが所持していた紙に書きつけられていたので、彼女がこの事件に関係していなかった、という反論は成立しなかった。この事件の中での彼女の役割は、不法移民たちの通訳や翻訳を引き受け、イギリスに亡命させることであった。蛇頭（じゃとう）に操られた不法移民たちは、ベルギーを経由してイギリスに入るのに、一人頭約百万円ほどを払っていたという。生き残ったのは二人に過ぎなかった。

この事件に関して、警察は犠牲者がどんなひどい状態で詰め込まれていたかを、六十人のグルカ兵を使って実験して見せた。

ワッカーは十四年、イン・グオは六年の刑を宣告された。中国も、こうした組織壊滅のために動いているという。昨年は約四百人が、同じような容疑で逮捕された。

死亡した人の数の多さでは、これは大きな事件だろうが、この手の話は、決して珍しいことではない。そしてこうした事件は蛇頭を取り締まればいい、ということではないのである。誰も、自分の祖国でどうにか生活できれば、わざわざ見知らぬ国へ出稼ぎになど行きたくない。生活が成り立たない時、初めてこうした無理な移民の波が動くのである。

十三億人もの国民を食べさせるのは容易ではないが、やはり自国民が生命を賭けても国を出たいというのはその国の恥なのである。

第三章　単純なことが見抜けない人に才能はない

愚かでいていい人いけない人
——単純なことが見抜けない人に才能はない

クリントン大統領とモニカ・ルインスキーというホワイトハウスの実習生の間の不倫事件は、もう大分古くなったので、少し安心して触れることにする。

ホワイトハウスの執務室の中で、安っぽいポルノまがいの性的事件を起こしたって、それは個人または夫婦の問題である、という見方が一つ。フランスを見習って、外部に女性がいようが子供がいようが、それはそれとする立場が一つ。どちらも政治の舵取りさえ誤らなければそれでいいという解釈なのだろう。クリントンの場合は、アメリカという、情報公開の原則に厳しく、しかも、やや偽善的なまでに倫理的家庭というものを重んじる空気の中で、こういう事件がバレた場合、どう扱われるか知らないはずはなかった。アメリカの女性たちが、今度の事件に比較的寛大だったのは、大統領が女性を積極的に登用した実績を買っているからだという。

しかし私は、クリントンは大統領を即刻やめるべきだったという気がしている。倫理的に責めるのではない。大統領の愚かさが露呈されたからである。

私たちは誰でも予測が狂い、眼のない人と言われる運命を必ず持っているが、それは事件がまず予期せぬ出来事であり（たとえば、自宅に飛行機が墜落するというような）、しかも事件に複数の人が噛んでいるような場合である。複数の人が、その時々で思いもかけない考え方のもとに動くと、とうてい予測できないような結果になることがある。

しかし今度のホワイトハウスの情事は実に単純なものだった。不倫が見つかったらどうなるか、という予測は簡単につくのである。

それも世間の普通の夫婦の間の事件なら、盛大な夫婦喧嘩をして和解するなり、しっかり慰謝料を取られて離婚するなり、どちらに転んでもそれで済むことだ。

しかし、自分が大統領という立場にあり、場所はホワイトハウスという官邸の中である。そこで典型的な不倫をして発覚すればどうなるかということを、クリントンが考えなかった、ということが重大なのである。

最近になって、前報道官のマカリーがクリントンのことを「米国の指導者としては、ずば抜けた才能を備えているものの、私人としては頭に来るほど愚かだ」と言った。前半は多分、前報道官のリップサービスだろう。単純なことが見抜けない人にずば抜けた（政治の）才能があるわけがない。

こういう愚かな人が世界の指導国のリーダーでいるのは、サダム・フセインに核兵器を持たせるくらい危険なことだろうという感じがする。

普通の人には許されても、大統領には許されない愚があることを思って、大統領にはならない賢明な人も世界にはたくさんいるのだ。

礼儀と本質
——宗教の違いを超えることは、人間的な礼儀

先日、インド人のカトリックの神父も交えて伊勢に遊び、皇大神宮にもお参りするチャンスがあった。神職の方は、優しくお心遣いを示され、カトリック司祭が神道の礼拝をして差し支えないのか、と言ってくださった。

私はカトリックの学校に育ったが、他の宗教の祭儀に出てはならない、などと教わったことはない。むしろ相手が許すなら、謹んで相手の礼拝のしきたりにしたがって祭儀に与るように教えられた。それは聖書にもある「その人のようになる」精神のためであった。

この神父が今、日本でお金を集めて建てようとしているインドの学校は、カトリック

の子供のためではなく、ヒンドゥの最も下の階級だと言われる不可触民の子供たちのためである。

神父は神道についても本を読み、真剣に日本を勉強しようとしていたから、この機会ができたことを深く感謝していた。柏手(かしわで)を打つ作法も覚えた。

日常的な外界では、私は誰とでも遊び、学び、仕事をし、心を打ち明け、宗教による差を感じたことなど一度もない。第一、相手が何教かなどということを知っている相手は極めて少ない。一緒においしい鰻を食べに行くのに、キリスト教も仏教もないだろう！

しかし根本のところでは立場の違いはある。優しく穏やかに対するように習ったが、一神教と多神教は、かなりものの考え方が違う。違いはあくまで礼儀正しく認め合えばいいのだ。

ただしそれは自民党のように、公明党と連立を組む、ということではない。信仰を政治の力として使う時、そこに薄汚い関係が始まる。信仰は個人のものなのに、それを社会的な力として使おうとするからだ。個々の信者の人生観を無視して、一つの宗教として行動を決めるのは恐ろしいことだ。

信仰は心の奥底ではかなり厳密なものなのである。自民党が、公明党と連立を組むというようになってから、私は自民にも一票を投じようとは思わなくなった。

インド人の神父も私も、謹んで神道の祭儀に列席した。万が一、教会のミサに神職の方が出てくださるといえば、私たちは喜んで温かく迎えるだろう。

宗教の違いを超えることは、人間的な礼儀である。相手に改宗を迫ったり、相手の信仰を何かのために使うことではない。相手の考えや信仰の対象に対して尊敬を払い、その人の心の安らぎを乱そうとは思わないから、私たちはそうできるのである。

しかし日本人は信仰の厳密さを知らなさ過ぎる。政治家は信仰の厳しさもわからず、精神の折り目正しさもなく、なおかつ絶対者に対する恐れもないのだから、力のためには何でもする人種だと思われて当然だ。

海外の評判

——貧しい土地へ商品を売る場合は、特にいいものを

シンガポールで時々二、三週間暮らす時には、昼は外食をして、夕食は私が自分のマンションで作る。日本料理の材料は、この頃シンガポールにはいくらでもある。お味噌や醬油はもちろん、お蕎麦(そば)でもラーメンでも、いく通りも揃っている。

ラップにくるんだ握り鮨は殊に大流行で、中国系の若い娘たちも、ダイエットにいいと思うのか、真剣な目つきで選んでいる。値段は一個六十五円くらいだろうか。

しかしたとえば、私が「一口がんもどき」を買って煮てみると、絶望的な味になる。まずがんもどきそのものが海綿みたいだ。さらに嫌なのは、煮物の味が喉の奥で常に微かに苦さを残すことである。原因は醬油らしいと睨んでいる。

シンガポールの醤油は日本から船で運んで来るのだと思っていたら、最近ではマレーシア製が多いという。

日本に帰ってその話をしたら、私の家で働いてくれている日系のブラジル人の女性が、ブラジルでも同じなのだ、と言った。彼女もブラジルへ帰った時、どうしても日本と同じ味の料理を作れない。第一に水が違うのだろう。だから饂飩（うどん）も蕎麦もおいしくならない。

第二に気温が高すぎる。だからお味噌も醤油も発酵がうまくいかないのだろう。その一つの結果として、醤油がやはりかすかに苦い。もっとも理由はすべて推測に過ぎない。

シンガポールに住む友人に連れられて眼の前で握ってくれるお鮨屋さんへ行った。主人は日本人風だが、ちゃんと日本でも修業したことのある中国本土の人である。お鮨はまずくはないが、やはり材料に制限があるから、味がどこか違うので気の毒になる。

その中国人が、

「日本はいいですよ。国内で一番いいものを売るからね」

と言うので、中国では、最上品をすべて国外へ輸出してしまう話かと思ったら、少しニュアンスが違った。

日本のメーカーは、同じ商品でも、国内では精度のいいものを売っている。しかし東南アジアなど途上国に出すものは、粗悪品を売るということなのである。

この話は、決してこの鮨屋のご主人だけの印象ではない。日本の会社は、電気製品でも何でも、日本以外では精度の劣るものを平気で売っている、という話は多くの海外在住の日本人が口にすることだ。日本より貧しい土地で商品を売る場合は、特にきちんとしたものを売ってあげるべきだ。貧しい人はなかなか買い換えられないのだから。そういう誠実は、人道問題ではなくて、日本経済の明日、いや百年先を支えることになるだろう。

原始に戻る都会
——水の管理の重要性

一九九八年の話だが、シンガポールの日刊紙「ザ・ストレーツ・タイムズ」には、全くばらばらに奇妙な記事が出た。どちらも水道の汚染に関するニュースである。

まず七月三十一日の方は、オーストラリアの水道の汚染である。その週の初めに、シドニー水道局は市内のほんの狭い部分の水道が、ジアルディアと呼ばれる寄生菌によって汚染されており、そのままでは飲めない、と発表した。

この菌は小鳥の排泄物の中におり、人間が摂取すると激しい腹痛、吐き気、下痢などを引き起こす。しかし翌週になるとこの汚染は、二〇〇〇年にはオリンピックも行われるというこの大都市の北、南、西の部分にも広がっており、百五十万人がその影響を受けることがわかった。

飲み水も、歯を磨くのも、顔を洗うのも、野菜を洗うのも、一度煮沸した水でなければいけない、と言われた市民は驚愕したであろう。もっとも普通のシャワー程度の温度に上がっていれば、顔を洗っても大丈夫ということだ。

「洪水の後のダカールなら話はわかる。しかしシドニーで、どうしてこんなことが起きるのだ」と新聞は皮肉まじりに書いている。

次が約十日後に報道されたヨルダンのアンマンの水道汚染事件である。ヨルダンは毎年のように夏には水不足に悩まされていたが、過去数カ月、アンマン市民は、ザイ浄水場で処理されて来ているはずの濁って嫌な臭いのする水に苦情を洩らしていた。水道省のハダディン長官はその度に、作業ミスだとか、汚染はない、とか言ってごまかして来たが、スーパーの水壜は売り切れ、市民は汚い泉の水を行列して汲むようになった。水道の水の方がまだしもきれいなのに、人々は長官の言葉を信じなくなったのである。

ハダディン水道省長官は汚染の責任者として罷免され、代わってエネルギー省長官が水道省長官に任命された。年長の官吏は言う。

「アブドル・サラーム・アル＝マジャリ政権は全員クビだ。しかし王だけが新しい首相を任命できるんだが、その王がまたいないんだから、当分の間は今の政権は続けねばならんだろう」

この年フセイン国王はアメリカで癌の化学療法を受けていたが、この水騒動があまりにも大きくなって来たので、治療を中断して帰国し、情実の入らない委員会を設定して、原因の糾明に乗り出すことにした。王といえどもゆっくり治療を受けることができないのである。

毒入りカレー事件よりも、水の管理はもっと重大である。多数の人が死んだり町を見捨てたりしなければならなくなるのは、水の管理を怠るからだ。日本は充分に備えているのだろうか。

作物泥棒

――収穫直前に盗まれる悲劇

もう三十年近く前、インドのハンセン病院に取材に行っていた頃、知人のドクターが薬をたくさん持たせてくれた。私の荷物はどんどん膨らみ、とても二十キロの制限の範囲には入らなくなった。ドクターは「持てるだけでいいですよ」と言ってくださっていたので、私はまずその中から、糖尿病の薬を除外した。あの痩せ細った人の目立つインドで糖尿病になる人などあまりいないだろう、と思ったからだった。

しかし、インドには糖尿病が結構多かった。私にはその謎は今まで解けなかった。

しかし、最近の英字新聞には、その答えが出ていたのである。もし今のままの栄養失調が続けば、二十年後には世界中で十億人の子供たちが何らかの影響を受けるという。

まず、途上国で生まれる赤ん坊の四分の一、つまり三千万人が、栄養状態の悪いお母さんのおなかにいるうちに既に発育不全になっている。そうした発育不全の子供が、その後、先進国型の栄養供給を受けて体重を増すようになると、悪性の肥満を伴うようになる。それはさらに糖尿病、心臓疾患、そして時には癌を引き起こす体質を作ることにもなるのだという。

こういう結果は以前には考えられなかったことらしい。何しろそうした子供たちは、骸骨のように痩せ細っていたのだから、少しくらい栄養を与えても、それが成人病（生活習慣病）に結びつくとは考えられなかったのである。

つまり根本は、胎児、新生児、幼児のすべての期間にわたって適切な栄養を与えることしか解決策はない。しかし現在、三千万人が、新生児として望ましい体重二・五キロに達しないで生まれてくる。大人でも二億四千三百万人が、かなり深刻な栄養失調に陥っている。

私の実感では、多くのアフリカの貧しい国々が文化の最低線以下の食生活で暮らしているのに対して、水があってバナナの生えるアジア諸国はまだしもいい状態だと思うのだが、それでもインドの妊婦たちの八十パーセントは貧血になっている。こうした栄養の悪さに最もひどく侵されているのが、まず南アジア、次がサハラ砂漠以南のアフリカ、中東、北アフリカ、そしてラテンアメリカ、カリブ海地域と続くのだ、という。

アフリカの農業に対する支援を日本財団も行っていて、かなりの効果を上げているが、農作物を収穫直前に盗まれる悲劇は、少しも減っていない。日本でも最近、お米やサクランボを盗むドロボーが現われた。こういう盗みは、徹底的にその犯罪の芽を断たないと、日本の農業を壊滅させる恐れさえある。

この九カ国
――支援金の使途報告書を出さないような国に援助することはない

「世界日報」という統一教会系の新聞で読んだ記事なのだが、衆院予算委員会で、河野洋平外相は、「債務救済無償援助に関して『対象国は十四カ国あるが、使途報告書が九カ国から提出されていない』と述べ、援助資金の具体的使途が不明のまま供与を続けている実状を明らかにした」という。こういう大切なことをたまたま我が家で取っている限りの他の全国紙は書いていないのである。

人の（日本国民の）金を他国に貸して、どうなったかの報告書も手にしていない。それだけでなく、さらにそのまま金を貸し続けているという外務省の姿勢は、私などにはとうてい理解できない。恐らくその金は相手国の首相か大統領の個人的財産として貢いだことになっているだろう。

報告書がなければ、次の金など貸さないものだ。それが人間世界の常識だろう。そんな相手に甘い顔をして金を貸せば「感謝なく」もっと取ってやれ、と思うだけなのだ。何のかんのと言って報告書も出さず、調査機関も受けいれないようなところには、何のかんのと言って金を出さなければいいのだ。というよりどこの国でもそうするだろう。どこの国でそうしなくても、日本はそうすればいい。

相手国との友好のために金を出しているなら、もっともっと少額の金を大統領個人に渡せばいい。その方がずっと有効だ。

こういうことを言うと、甘い日本人は、それでは相手国の気の毒な国民に日本国家が出した恩恵が行かない、などと言う。もともと報告書も出さない国家は、国民の末端の福祉のために、支援金を使ったりするわけがない。国中の役人が、上は大統領から下は村の小役人まで自分の懐に公金を入れようとしているわけだから、子持ちの未亡人の生活のためなどに金や恩恵が行くわけがない。

そもそも報告書一つ出されていなくても、平気でさらに金を出し続けるような外務省は、普段からどういう神経でいるのだろう。機密費だけに、ずさんな管理が、盲点のように残ったわけではないことが、こういう背景を知るとますますよくわかって来る。

国家や大きな国際機関なら、報告書もなく、経理の監査ができなくても仕方がない、と思うのがおかしい。そういう身勝手でだらしのない相手には出さない、そういう経理上の不備が見えたら即座に援助は中止、というくらいの条件はつけて当然だ。それがむしろ、相手国の恵まれない人のための配慮というものである。

見舞金の行き先
――外国への援助金がどのように使われたか

森総理がインドを訪問されるに当たって、先頃、同国の北東部を襲った洪水のお見舞いとして、五十万ドルの緊急無償援助を行うことを政府が決定したと、二〇〇〇年八月十九日付の毎日新聞は報じた。

インドの洪水はテレビニュースにも何度か登場した。伊豆諸島の地震や火山の噴火の場合もそうだが、誰に不満をぶつけることもできない天変地異の力の前には、人間の生活の日常性など、あっけなくつぶされてしまう。屋根に降り積もった火山灰を、濛々とした埃の中で下ろす三宅島の人たちの姿を見ると、本当に他人事とは思えない。巨石が水に浮きながら流されるように見える出水は、日本の川で一度見ただけだが、その時も、人間の無力さをしみじみ感じさせられた。本当に困っている人の手助けになるのなら、人間として助けるのが当たり前だと思うのだが、ことはそんなに簡単にいかないのだ。

先頃、私は一人のインドの知識人と気楽に話す機会があった。「たとえば、インドに外国からの援助のお金が入ると、どれだけが、本当に困窮している人に届くでしょうか」と、私は食事の席で尋ねた。すると相手は聞き返した。

「どういう組織と組織の間の援助ですか？」

その人は私がＮＧＯで働いていることを知っていて、そういう聞き方をしたのかもしれない。

「たとえば、政府と政府との間だったら？」

この人は意味ありげに笑って答えた。

「ゼロパーセント」

私は絶句した。つまり政府の役人がすべて取ってしまって全く民衆には届かない、ということである。私は質問をし直した。

「民間だったら？」

「五十パーセント、または七十パーセント、八十パーセント。やり方によります」

こういう話をどう聞くかということに対して、私はまたどう答えるべきかで迷う。しかし恐れていたら何も言えないし、何も伝わらない。こういう会話は実に不正確であり、証拠もないのだが、その土地の多くの人が危惧し口にすることには、一面の真実が必ずあると言うほかはない。

五十万ドルというお金は、インドの多数の被災者に対して、一体どれほどのことができるのか。

私は自分の働いていた財団で、受けたお金の使い道を実証的に報告せず、実情も見せない相手には、出さなくていいと言ってきた。誰でも金を受け取ったら、こういうものに使いました、と報告する義務がある。その原則は国連の機関でも同じだ。この手の外国への援助金が、どのように使われたか、外務省も新聞も私たちに知らせる義務があるだろう。

用心
――日本人の人のよさは底なし

一九九八年にボリビア中部で起きた地震に対して、日本で集めた義援金約六万ドル（約六百九十万円）の大半が同国の駐日大使によって別のことに使われていたのが発覚した、という報道がされた。

この駐日大使は、まず二万ドルを親戚の腎臓手術の費用に流用した。困った人に優しくしてやったようで、同情したくなるが、違法はやはり違法である。一万ドルは二年後に地震のために送金したというが、多分、ことが明るみに出そうになったからだろう。残りは日本人のボリビア移民百周年事業の調査費に充てられたというが、私の体験では、調査費ほど果たしてそれだけに使ったかどうかあやふやなものはない。

外務省の機密費流用の問題が出ているが、民間の組織でもヨソサマのことは言えないのである。まず政権が変わると、それで前政権時代の金の使い道は追えなくなる。だから本当のことを言うと、決して外国の政府には出さないのがいいのである。もっとも、こんなことを言っていたら、政治はできない、ということもわかる。が、それならば、つまり、政治というのは、時の有力者に個人的な金をやって、こちらのいいようにさせることになる。

その点、国連もだめだ。国連の経理の検査など誰にもできないから、そういうところもやはり金を出してはいけない相手なのである。国連だけは別だ、という考え方の方が事大主義だろう。国連は最大の失業救済機関だという声に、私は内心同感している。民間の組織なら、お金を出した後でも、後々の調査がこちらの好みのテンポでやれる場合も多い。

ボリビアの場合、義援金の送り方も問題だった。お金は東京の名誉領事から、ボリビア在住の日本人神父の口座に送金されたが、後に駐日大使が自分の口座に移すよう指示した。公的なものに自分の口座を貸すようなことは誤解のもとである。また国家間のことを大使の一存で動かすことに簡単に同意するのも非常識なのである。

こういう話をすると、「まさか大使が盗むようなことはしないでしょう」と言う人はいくらでもいる。「大使館こそ、泥棒の窓口です」と言いたいところだが、私が証拠を持っているわけではないから、じっと我慢しているが、日本人の人のよさは底なしである。

もっとも、大使館の方にも言い分があるかもしれない。ボリビアの場合はわからないが、在京の大使館の運営費も、大使の給料も、本国からろくろく送って来なくなっていて、電気を止められている大使館もあるのである。そんなところに義援金が持ち込まれれば、大使はまず、自分の生活費に取っておこうと思っても当然かもしれない。

国家的決心
——「良識的」ではない考えを排除する危険

十七日間のアフリカ旅行から帰ってみると、西村真悟防衛政務次官が辞任する羽目に追い込まれていた。大阪新聞の記事によると「核で自爆」されたそうで、その過激な語録は他の新聞や雑誌にもたくさん出ている。

私は西村氏のように核を持った方がいい、とは考えないが、今度西村氏が、国民の「良識」と違う考えを持っているから放り出されたというのも、一種の危険な徴候である、と考えている。

核に関しては、世界中の多くの国が「持つのが当然」「持たなければやられる」と考えている。アメリカも、ロシアも、イギリスも、フランスも、中国も、インドも、パキスタンも、北朝鮮も核を持っているのがその証拠だ。

もちろんそれらの国に「核廃絶」を目標にしている人々もいるだろう。北朝鮮のような「偉大な領袖さま」のなさることなら何でも賛成の国でも、どこかに隠れて反対者はいるかもしれない。

もし、真に自由主義の国ならば、どこにも一人や二人、いやもっと多数の「少数の変人」から「許しがたい非道徳者」までいるのが普通だ。それが国民こぞってすべてが平和主義者、同一思想というのは、全体主義の一つの表われとしてむしろ用心しなければならない状況である。

西村氏は「強姦」という譬喩(ひゆ)がお好きで、「再三、核武装の必要性を『強姦』にたとえ」、それに対して当時の社民党の衆院議員だった辻元清美氏たちは、「女性への差別的見解で、国会議員としての品位を疑う」と言ったという。

しかし、国会議員と作家に関する限り、世間の人々は、いささかも品位がある職業とは思っていないから大丈夫だ。自分に票を入れてもらいたいためにできもしない公約を掲げて作り笑いして誰とでも握手する政治家や、自分がよその女(男)と寝た話をいかにも避けがたい運命のように書いて金を稼ぐ作家が、何で品位ある職業であろう。

しかし私は別に職業に気品がある必要はないと思っているのだ。裁判官や教師なら、「悪いことはしない人」であるべきなのだろう。しかし作家は違う。作家は人間の偉大さと卑小さの双方を書くべきだし、書ける状況に自分を置くのが義務である。

北朝鮮の怪しい漁船が日本の領海に現われた時、私の周辺には「今度こそ撃沈すべきだ」と言った「普通の人」が、それこそ十人も二十人もいた。私たち女は「今でも海軍オジサンはいるんだ」と笑ったが、日本の北の海岸に数百、数千の外国船が現われて上陸をもくろんだ時、全部を受け入れるという決心と思想的裏付けがない限り、西村氏だけをやっつけてもことは解決しないのである。

奇妙な国旗

――日の丸の旗が血塗られたとしたら、それは戦後

日の丸がいつから国旗になったか誰も決めた人はいない、というのが日の丸反対論者の根拠である。私もそういうことを調べるのに決して熱心ではないのだが、徳川末期に船印として使われ定着したのが、国家を代表するものとしての最初と聞いている。榎本武揚は、五稜郭に立てこもった時、五稜郭を象(かたど)ったのか、それとも北極星を考えたのかわからないが、赤い星を使った。しかしそれは国家を代表する旗ではなかった。

船の世界で、日の丸が国旗かどうかを疑う人はまず一人もいない。徳川末期以来の船印の他に、胸に迫るような悲痛な歴史があるからだ。

日本が大東亜戦争に負けたのが一九四五年八月。その翌月の九月にアメリカのＧＨＱ

は百総トン以上の日本船をＳＣＡＪＡＰ（スカジャップ、日本商船管理局）のコントロールの下に置くことにし、今まで船尾に掲揚していた日の丸を揚げることを禁じた。国家が拒否されたのである。

日本船はその代わりにＳＣＡＪＡＰ旗というものを揚げることを義務づけられた。これは国際信号旗でＥを示す青が上で赤が下という旗を、燕尾（えんび）の形に切ったもので、普通Ｅ燕尾旗と呼ばれている。このＥ燕尾旗は、サンフランシスコ講和条約が発効するまで日本の国旗の代わりとして使われた。

一九五二年、ＧＨＱは商船管理権を日本に返還し、日本の船は晴れて日の丸を揚げて世界の海を航行できるようになった。

その時に初めて自分が所属する国家の存在を胸を張って実感できて泣いたという人を私は何人も知っている。そしてそういう人たちは、世界が日の丸を日本の国旗と認識しなかったことなど一度もない、と言うのだが、当然だろう。

日本は赤と白が好きだ。お祝いの幔幕にも、引き出物の蒲鉾にも赤と白を使う。アラブ諸国では、太陽は熱くて（暑くて）悪いものであり、ケシカランことに、名詞としては女性だという。しかし日本は日の出を希望の証と見る。

人間は長い歴史の中で、自然に好みの色だの、印だのを作る。いろいろな選択がある中で、思いをこめてこれがいい、と誰が決めたということなく、選んでそれを継続していくようだ。日の丸はそうしてできたものだと思う。

日の丸は血塗られた旗だと言う人がいるが、大東亜戦争の犠牲者と言われる死者は（どう計算していいか私には実はわからないのだが）仮に三百万人と見積もっても、戦後の日本は、一億人以上の人工中絶をした。大東亜戦争三十三回分の命を意識的に絶ったのである。旗が血塗られたとしたら、戦後だと私はいつも言っている。

こういう現実を若い人たちが認識した上で、国旗や国家を考えることが大切なのである。

第四章　人間は譲れた方が器が大きい

神の名さえ
——人間は譲れた方が器が大きい

信じがたいことだが、海上自衛隊の護衛艦と、海上保安庁の巡視船に、同じ名前の船があるのを整理する動きがあるという。

記事によると「海自と海保の艦船のうち同名の艦船は三十隻以上に上る」。「こんごう」「あぶくま」「ゆうばり」「きりしま」などは護衛艦にも巡視船にもある。

仮に海自と海保の同名船が、同じ海域にいたとしても、名前が紛らわしいからと言って、作戦に混乱を来すことはないと説明されたことはあるが、常識的には通用しない。その話が出た時、私はヨソモノだから簡単に、「それは後からつけた方が失礼に決まってますよ」などと簡単に笑ったのだが、関係者は故事来歴をさまざまご存じだから、簡単に割り切るわけにも……と困惑の体であった。ことに護衛艦は旧海軍から引き継いだ由緒ある名前があるということらしいが、私はその時、聖書の共同訳と言われるものの苦労を思い出したのである。

戦前から、プロテスタントとカトリックの聖書ははっきり分かれていた。神の名の表記が、長い間違っていたからである。プロテスタントは皆がよく知っている「イエス」、カトリックは「イエズス」を使っていた。

そこに世界のキリスト教会を統一しようとする運動が高まり、聖書も口語体で新しい訳を作ることになった。

何しろ聖書研究の大学者たちが両陣営から集まったのだ。融和を願う祈りから仕事は始められたのだろう、と思うが「どちらでもいいです」というわけにはいかない人たちばかりだ。

最初の共同訳で、一時「イエス」と「イエズス」で対立していた呼び名が、「イエス」になった時があった。「なんだか煙突の煤みたいで嫌ね」と言う人もいたが、プロテスタントとカトリックの両方の「顔を立てて」間を取ったのではない。新約聖書はギリシャ語が原文だが、ギリシャ語では確かに「イエスース」が正しいのである。しかしその後再び行われた新共同訳では「イエス」になり、今ではずっとその呼び方で安定している。当時のユダヤではイエスは「ヨシュア」とか「イェホシュア」とか呼ばれていたはずだ。

海自や海保の船が、花の名前を持っていてもすてきだ、と知人は言う。「北海道の船が『ライラック』とか『白樺』なんていいな」と言う。古い感覚でものを見るから譲れないのである。

しかし総じて、本質的ではないことは——神の名さえ——人間は譲れた方が器が大きい。カトリックが「イエス」に譲った時、私はそれを愛と平和と謙虚さの具現だと感じて嬉しく誇らしかったことを覚えている。

東京侵入区

――まず筋道を通し、それから情を示す

長生きをすると、やはりその分だけ面白いことを教わる。先日、隅田川を船で遡った時、河岸にホームレスの宿が点々としているのが見えた。花見の人が席を争って取りたいような場所にホームレスは住んでいるのである。

「今ごろは彼らの小屋の青いシートがきれいでしょ。花見の人が置いて行ったシートで屋根を新しくするんです」と教えてもらった。

しかしいつも思うのだが、ホームレスがかわいそうだから、駅や公園や河岸に住まわせていいという理由は全くない。誰でも便利な上野公園や、情緒のある隅田川の水辺には住みたいのだ。

しかしこうした土地の値段は高いから、サラリーマンたちは通勤時間の長いのをがまんして近県から通っている。

公園や河岸は市民のものだ。それを独占するのは明らかに違法である。ホームレスの住処の近くには必ず公衆トイレもあるし、公共の水飲み場もある。そんな一等地にただで勝手に住み、税金どころか水道代さえ払わなくていいという理屈がどこにあるだろう。

ホームレスを殺す中学生は明らかに犯罪を犯したのだ。しかし彼らの中にホームレスは法を犯している人たちだ、という意識はあるだろう。それを大人たちが放置するなら、自分たちがリンチでやっつけてやれ、という意識がないとは言えまい。

ホームレスの中には病気だったり、本当に働きたくても不運で勤める場所がないままに年をとってしまった人もいるだろう。しかしそれでも、家を建ててはいけないところに、勝手に住んでいい、ということはない。政府は、どこか決まった土地に慎ましい住居を建てて住まわせ、体力年齢に応じて住居費の分だけ公共事業で働かせ、人間は遊んでいて食べられるわけはないと知らしめるべきだ。

南米の各国には「侵入区」と呼ばれる貧しい人たちのバラックが立ち並んだ地区があ

る。野党の政治家が選挙の度に貧困層を煽動して、国家や個人所有の土地へ一斉に移住させ、一夜で小屋を建てさせて、その土地を所有したという認定書を渡す。侵入区をいいこととして「今後も侵入区のために働きたいと思います」などと公然と言っている人にも会った。

つまり彼らは法治国家を否定しているのだが、それが新しい人道主義、政治の波、正義の戦いのように思われている。侵入区を放置する国家は、ゲリラ国家になる素地を作っているようなものだ。

政治はまず筋道を通し、それから情を示すべきだ。法を守らなくていい、とどこかで思わせるのは、何より子供の教育に悪い。

すべての働き人がやっていること
——不景気を生き抜く時の原則

不景気だ、不景気だ、と言いながら、みすみす商売をしないようにしている組織があると、私は時々不思議な気がするのである。

先日、仕事で神戸に行き、最も大手とされているホテルに泊まった。翌朝、七時半近くに食事に行くと、コーヒーショップに列ができていた。出発の時間があるので、仕方なく地下の和食堂に行くと、ここでも客が順番待ちをしていた。

私は今まで百十カ国を歩いた。当然ホテルもたくさん泊まったが、上等ホテルであれ、下等ホテルであれ、食事の時、順番待ちをした記憶は一度もないのである。

サラリーマンの昼食ラッシュではないのだ。ことに朝食は皆出発時間がある。それを待てというのだから、ここには、全く基本的サービスの精神が欠けている、と言っても過言ではないだろう。

係の年配の男性は、混む理由を団体が入ったので、と言った。しかし団体こそ、事前に行動を把握しやすいグループである。何人か、何時に出発か、コーヒーショップか和食堂か、決めれば対応できやすい人たちだからである。

私も今までに何回か団体旅行をした。すると団体だけ別の宴会場に案内されることが多かった。つまり安い客はうまく束ねて扱うのである。上海の三つ星ホテルなど、大きな結婚式の披露宴ほどの人数がすべて団体で、朝飯の時は、ビュッフェのお皿を持って、泳ぐようにして歩かねばならなかった。しかし食事を待つ、ということは一度もなかったのである。

団体が入ったから、一般の客に食事のための列を作らせて待たせる、とか、間に合わない客を食事なしで発たせる、などという神経は、昔の帝国ホテル、日光金谷ホテル、箱根富士屋ホテル、横浜グランドホテルなどの歴史的ホテルの経営者として名を馳せた人たちが聞いたら、頭ごなしに現場の責任者に雷を落とすほどの無礼な客あしらいということになる。

不景気の波も大きい逆流だろうが、自業自得という要素がないとはとても思えないのである。

神戸が大震災後復興しないのは、港の組織がなっていないからだ、と言う人がいる。この厳しい世の中に、働く人たちが怠け者で、労働条件や給与の面で勝手を言っていては、とうてい他の国内外の港と競争できない。

不景気を生き抜く時も、失職して再就職したい場合も原則は簡単だ。どうしても働きたかったら、以前働いていた知識や体験が役に立つところとか、前と同じ程度の地位とか収入とかという条件を出さないことなのである。人が八千円の日給を要求していたら、自分は七千円で働きます、と言うことなのだ。そしてこのような譲歩は、世界中のどこの「働き人」もやっていることなのである。

法面(のりめん)指数
――危険を予測する体制こそ、一国の文化や工業の水準を示す

私は小説を書く必要から、長い間土木の勉強をした。その結果、ダムと隧道と高速道路だけは専門家の話が八十パーセントくらいわかるようになった。そのような勉強をしている間に法面という土木用語も知った。切り通しなどでその両側の山を斜めに切って行くとできる傾斜面が法面である。

大手ゼネコンの「土木屋」さんたちが私のお師匠さまだった。そのおかげで生まれた『湖水誕生』という小説は、お師匠さまたちが作った長野県高瀬川の巨大な地下発電所が舞台になっている。高瀬の現場が終わると、お師匠さまたちは、また外国の現場に散って行った。私はその方たちが赴任した外国に行く度に、お師匠さまたちに再会した。

懐かしかったし、新しい現場の話を聞くことが楽しみだったからである。

或る時、私のお師匠さまの一人は、アジアの或る国で自分が作ったという道路を走りながら、突然、私に尋ねた。

「曾野さん、この法面は危ないと思いませんか」

つまり、切り方が足りなくて崩落しそうだ、という懸念なのだが、私は慎みなく笑いだしてしまった。素人に設計の悩みを相談してくださるのは光栄だが、私が「そうですね。これは危ないですね」と簡単に言える問題でもない。

「しかし仕様書(スペック)の通りなさったわけでしょう」と私は卑怯な答え方をした。

「それはそうなんですが、だから怖いですよね」

そういう仕様書を出す背後には次のような考え方があるのではないかと思う。つまり運がよければその程度の法面の傾斜でも崩れない。万一運が悪くても、崩れた時その下を車が走っている確率は極めて低い。

この夏、中国の四川省と雲南省の田舎を車で移動した時は、至る所で！　この危険な法面を体験した。「全く中国の土木屋は何をしているのだ。私が行って教えてやらなきゃ」と思うほどのやっつけ仕事、手抜き工事である。彼らは日本のように、崖の上までブルを上げて行って上から充分に土を落とすということをしていない。道と同じ高さに作業用の重機を置いてちょっと突っついて落ちた土砂だけどかしているから、当然法面の傾斜は非常識なほどきつくなる。

すでに落ちた石や土砂の量を見ても寒気がするほどである。下に車がいないまでも、道全体が塞がれれば十時間とか二日間とか全面交通途絶。片側通行だけで済んでも、車数百台が両側で延々何時間も待つことになる。

充分に危険を予測し、現実に事故が起きないように手配をしても、誰にも感謝されない。しかしこの予測する体制こそ、一国の文化や工業の水準を示す指数だろう。

地球的犯罪
――食物を捨てるという重罪

立食パーティーではまずまともに食べられないので、帰りに夫とホテルのコーヒーショップに軽い食事をしに立ち寄った。夫はハヤシライス、私はハンバーガー。どちらも庶民的な食べ物だが、手抜きでつくるのと、贅沢するのと、雲泥の差がつく料理である。

私の前に運ばれてきたハンバーガーはさすがに立派なもので、まともに丸いパンを重ねると高さが十センチ近くになる。かぶりつけないほどなので、私は蓋に当たる部分のパンを取りのけてお皿の端においた。その段階では残して帰るつもりだったのだが、食べ終わる頃には考えが変わって持って帰ることにした。これだけで明日の朝食になる。イラクならこのパン一片で子供に笑顔が浮かぶ。

最近の日本のレストランにはハラが立つ時がある。「持って帰りますから、箱に詰めてください」と言うと、「当店ではお持ち帰りはできないことになっております」と言う。大人げない話だが、「私が既に買い取った食べ物なんだぞ。それを私がどうしようと勝手だ。犬にやろうが、犬にやるという口実で自分が食べようが、初めから明日はこれで食いつなぐ、と決心しようが、レストランの知ったことか」なのである。

もちろんレストラン側の理由は「それで食中毒が出て、当店のせいにされると困りますので」なのだろうが、持って帰ったものに後で食べて当たっても、それはレストランの責任ではない、という理由で、この際業界全体が「常識的武装」をすればいいのである。

私は始終シンガポールで暮らしているが、そこではほんの少しでもお料理の余ったものは持って帰るのが普通である。ブラジルでは、夜レストランの裏口で待っている貧しい人に食べ残しをあげることなど当たり前だというが、そういう習慣でもあればまだしも安心して残せるというものである。

エチオピアの飢餓の時、私はNATO軍が、上空から穀物の袋を投下する飛行機に乗せてもらった。袋のうちの四割が破れるというのにも驚いたが、人々が地響きを立てて牛の群のような砂埃を上げながら、破れた袋からこぼれた穀物の粒を拾いに走り、所々でケンカが起きるのを見るのはたまらなかった。

飛行機が近くの小さな空港に帰投すると、私はホテルから持ってきたランチボックスを機内で広げた。入口からは、瘦せてボロを着た数人の子供たちの顔が覗いている。私のお弁当の中身は多過ぎる。その時機内にいた一人の兵隊と目が合うと、彼は言った。

「食べ残しを彼らにやらないでください。他の子供たちも押しかけて来て、機体を壊されます」

食物を捨てることは、地球的犯罪だということを、もう少し世間に徹底させてもいいだろう。

客と餌の関係
——機内食に見る企業の怠慢

飛行機の中では、多くの人が「閑居して不善」をなしているせいか、食事のことばかり考えている。私の職場の男性で、飛行機の中で実によく読書をするという評判の人がいるが、この人など例外である。

確かに食事のことを考えるという行為は人間の卑小さをよく表わしている。

昔、内ノ浦で東大のロケットの打ち上げを見学していた頃、私は鹿屋(かのや)に宿泊して毎日レンタカーを自分で運転して五十キロくらいの道のりを内ノ浦まで通っていた。その途中で昼ご飯を工面する。

当時はコンビニのようなものも数少なく、今ほど「メニュー」を選ぶ便利さはなかったが、それでもラーメン一つにしてもどれを買おうか、真剣に考えていた。ジャガイモのサラダを少し買えばそれだけでも食事が楽しい。食後にはお湯さえあればお汁粉になる「カップ汁粉」というものがあるのも、この時知った。

私は食事もまた芸術と考えているふしがあるので真剣になる（これはウソ）。しかるに東大の先生方は、世界的頭脳でも毎日毎日昼はメロンパンと牛乳という貧しさであった。研究に真剣になっている人は食事のことなど考えないのが当然なのである。

私の知人の、日本食の好きな男の人は、南回りの外国の飛行機に乗るのに、三食の弁当を持参で乗っていた時代があった。まずコンビニのお弁当風のもの。次がおいなりさん。三食目が梅干し入りのにぎり飯である。これらを自分の好きな時間に取り出して食べる。

なかなか勇気の要ることだ。つまり「お宅の機内食まずいから」と言っているようなものだからである。彼によるとこの持参弁当の魅力は大したもので、第一食目から彼のお弁当を常に横目で見ていた隣の男は、ついに三食目になるとたまりかねて「一つください。お供します」と言ったというのだから、これもウソに決まっている。

夫と私は時々東南アジアへ行くが、その時日本の航空会社に乗らないのは、たった一つ、夫が、外国の航空会社で出される東南アジア風の「串焼き」を食べたいからなのだ。この外国の航空会社だって、メインのお皿になると味も大したことはない。

しかも先日町で、同じような「串焼き」を食べて初めて値段がわかった。飛行機の中で出されるのと同じ串の本数なら、日本円で二百円ちょっとなのである。たったそれだけのことで、この航空会社はお客を引いているのだ。

とすれば、日本の航空会社も考えたらいいのにと思う。ごたごたおいしくもないものを並べずに、ポイントを決めて名物を出せば、私たち夫婦のような愚かな魚は必ず餌にかかるのである。

マークを消せ
――怠け者の毒素が蔓延するのを防ぐには

世の中、不景気だ不景気だと嘆く声を聞くが、売れなくて当然だろう、と思うことばかりである。

私はずっと「国産ごひいき主義」なので敢えて名前を出すが、ここ数年の日本航空の評判の悪さはかなりのものであった。

日本航空が一流の航空会社ではない証拠は、ワインリストに載っているお酒がほとんど常に揃っていないからだ、と言う人もいる。仰々しくリストを持って来るから「××の赤はありますか?」と聞くと、乗務員は先ずその名前に怪訝な顔をし、それから必ず「今日は積んでおりません」と言う。それにキャビアもないじゃないか、と怒るファーストクラスの客もいる。

積んでいない酒ならリストに載せないことだ。タイ国際航空を見習うといい。葡萄酒は赤と白とを一本ずつ両手に持ってきて「どちらにいたしますか」と聞くだけだが、キャビアもあるし、ビジネスクラスにも小さな洒落たお土産を出して大変評判がいい。

先日乗ったJALのバンコック行きでは「この飛行機はなんとかなんとかで運航しております」と言う。私にはその名前も覚え切れなければ、それと日本航空との関係もわからない。ただこの挨拶は「たとえあしらいに支障があっても、日本航空には直接の責任はありませんよ」と言っているとしか思えない。内部事情なんかいちいち客に言うことではない。胴体にJALのマークをつけている以上、すべてはJALの責任だ。それができないなら、マークを消せ、である。

私の住まいの近くの三井住友銀行では、予め頼んでおいたドル紙幣の希望の額面のお札を揃えずに、百ドルずつセットになったのがあるから「それをどうぞ」と言う。二十ドル紙幣などを何十枚も集めるのは、さぞかし大変だろう、と思うから三日も四日も準備期間を作って頼んでいるのだ。客がどういう額面の紙幣をどういう理由で何枚希望しようと、銀行がそれを指導する権利はない。この低金利時代に、銀行はいったいそれ以外のどんなサービスをしていると言うのだ。

私は結構短いスカートをはくので、デパートのランジェリーの売り場で「ちょっと長さを試させてもらえませんか」と言うと、東急東横店では「下着は試着できないことになっております」と言う。他にやらせてくれるところはあるし、不景気なら、他のデパートはやらないサービスをすることで、私なら生き残りを考える。

こういうふうに責任転嫁の論理を用意周到に考え、禁止条項と規制を殖やし、できない理由をすぐ述べることにかけては異常な才能を発揮するのが、霞ヶ関の官僚の手口である。

O157みたいに、霞ヶ関型怠け者の毒素が蔓延しているのを、どうして防いだらいいのだろう。不景気になって当然、という空気である。

刺繍の技術
――稚拙なものに過剰な親切を示してはいけない

私はいわゆる職人芸と呼ばれるものが大好きで、もし小説を書かなかったら、陶芸家とか、刀鍛冶とか、モザイク職人とか、レンガ積みの職人になっていたのではないか、と思うことがしばしばある。

だから刺繍をする人などには、深い尊敬を感じるのだが、その技術については、各国でかなりの民族性の違いがあるらしい。

アフリカの人たちは優しくて、赤ん坊の衣服などにはすぐに自分で刺繍をする。暑い土地なのに、なぜか赤ん坊の帽子だけは毛糸で編んだりする。頭にあせもができやしないかと、私は心配する。

こういう心理を利用して、宣教師として入ったヨーロッパ人の修道女たちは、地元の娘たちに毛糸編み、刺繡、縫いものなどを教えるのに熱心だが、アフリカの娘たちには特徴がある、と一人のドイツ人のシスターが私に囁いたことがある。それは、まっすぐに縫うこと、と、急いで仕事を仕上げること、ができない、という特徴だ。

私の母はお針の達人で、不肖の娘の私に、細かい針仕事を正確にするようにいつも言っていたものだった。そういう母と比べると、アフリカの女性たちは性格的に、緻密さとか、正確さとかいうものに、あまり魅力を感じていないように見える。シンメトリーの模様の片方を縫い忘れたりすることはざらにあることで、手仕事の温かさということはつまりこういう不正確さにあるのかな、と私など時々思いそうになる。

正確という点でなら、機械刺繡に及ぶものはない。新疆ウイグル自治区に入った時、土地の男たち皆が被っている刺繡の帽子の縫製工場に連れて行ってもらった。それまで私は、男たちの帽子はてっきり手の刺繡だと思いこんでいたのだが、日本製の機械が、一度に二十枚か二十五枚分くらいの帽子に機械刺繡を施しているのには驚いた。刺繡糸が切れると警報装置が鳴って機械は自動的に止まるので、当番の女の人がのっそり立ち上がって糸をつなぎに行く。

機械の刺繍は見事なものだ。刺し残しがあることもないから安心して見ていられる。それでも昨今の民芸流行りの風潮では、「稚拙でも手の刺繍がいい」という人がいるが、私はどうしてもそうは思えない。

模様が下手くそで、配色がおかしくて、技術が悪いアフリカの刺繍には時々まいることがある。そういう刺繍が日本の教会では、バザーで売れるなどという幻影を抱かせることは、過剰な親切でよくないと思う。売り物にならない技術だということを、はっきりわからせることが、むしろ本当の親切である。アフリカの人に差別を抱かず平等に付き合う、というのなら、こんな下手な刺繍はだめよ、とも言えなければならない。

古めかしいのがいい
――自分を知らさずに守ってもらうことはできない

私は携帯電話というものを持って歩かない。せめて外に出た時くらい、呼び出されずにのんきに自由を楽しみたいのだ。歩きながらや電車の中で、じっとケータイを握りしめている若者たちを見ると、何だか気の毒になってくるが、これは大きなお世話というものだろう。

先日AFP電で面白い話を読んだ。アメリカの諜報機関がオサマ・ビンラディンとその組織の全貌に迫ったのは、一九九〇年代に彼らが使った衛星電話の通話料の記録をたぐったからだというのである。

二〇〇一年九月十一日の世界貿易センタービルのテロに関係した首謀者たちはすべて

衛星通信で外部と連絡をとっていた。通話料の請求には、何月何日にどこの国の何者にかけたかの記録がついてくる。それをアメリカ側が押さえていたということなのだ。もっとスパイ映画もどきの秘密や危険に満ち満ちた諜報活動があったのかと期待している向きには肩すかしの感さえある。

約千百通の通話のうち二百三十八通はイギリスにかけたものだった。次がイエメン。これはアフリカのアメリカ大使館爆破、米駆逐艦コールへの攻撃、九月十一日のテロすべてに関係した連絡係の番号だったと言われている。

ほかに電話をかけた先は、アゼルバイジャン、パキスタン、サウジアラビア、スーダン、エジプトなどである。他に数件のイランへのコールがあるが、これはアフガニスタンにあるテロリストのキャンプにコマンドたちを送る計画のために必要だった、と見られている。

私たちの個人データのすべてを十一桁の数字に換えて管理しようとする動きに反対している人たちが、それはプライバシーの侵害だと騒いでいるが、私たちが国家的制度――義務教育、医療保険、老齢年金、自動車の運転免許、様々の公的な資格、戸籍、不動産の所有などを保証する登記制度――などを使おうとすれば、アルカイダでなくても私たちの生活は国家にまるまる知られることになるのである。

制度を使うということは、知られ記録されるということだ。それで国家は国民に課税して国家財政を作り、同時に国民の権利を守る。知らさずに守ってもらうことはできない。

私は国民総背番号制度は当然だと思っているのだが、反対する人は何を知られては困るのか。今はそれを知られていないのか、聞きたいと思っている。

自分の生活を知られたくなかったら、健康保険を使わず、年金ももらわないことだが、出生届けを出さず、電話も使わないことだ、と今回わかった。

手紙にすれば差出人を突き止められないということは、脅迫状の犯人をなかなか割り出せないという形で、我々は知っていたのである。

正視する勇気
——真の問題解決は、現実にぶちあたる他はない

世の中には、社会的にも文化的にも一つの事柄に対していろいろな姿勢や視点がある。セックスに関して自然な欲望であることを認めれば、それをどのようにコントロールするかが問題になる。

ドイツには今でも赤線があるからか性犯罪やエイズが抑えられているのだ、と言う人もいる。戦争中の慰安婦はいけないとなると、国内が一斉にそれは悪であった、という大合唱に参加するのが日本だが、それにもかかわらずタイへ買春ツアーに行くことや、中高生の援助交際は今もって根絶しない。

赤ん坊が中絶されたり、生まれた後で捨てられたりするのを防止するために、修道院

や一定の機関が公然と捨て子の窓を作っている国もある。赤ん坊を入れる無人の回転窓があり、それは誰にも見張られていない。赤ん坊を捨てた人は、回転窓をクルリと向こう向きにしてから呼び鈴を押して逃げる。するとその音で中から人が出て来て、捨てた親を詮索することなく、赤ん坊を保護するという制度である。

二〇〇一年の五月から、シドニーのキングクロス地区にある娯楽アーケード街で、敢えて時代に逆行した試みがなされた。

オーストラリアで初めての、合法的なヘロイン注射場所が公的に設置されたのである。この付近には以前から非合法に注射を打つ場所はあったのだが、それらは不潔で、麻薬患者たちはしばしばそこで量を打ちすぎて死ぬようなことがあっても、何ら手当てを受けられなかったのである。

新しい施設は警察の許可の元に、十八カ月の試験期間を限ってユナイテド・チャーチの運営の元に開所された。初め麻薬中毒患者たちは入るのをためらっていたが、次第にはっきりした流れを作ってここを利用するようになった。

彼らはまず係の人に迎えられ、清潔でゆったりした注射の部屋に入る。部屋には充分なスペースがあり、二人同時に連れ立って来る人もいっしょに注射ができるような配慮がされている。

そこを出ると患者たちは看護師の待機する回復室に入る。三人の看護師、五人のカウンセラー、一人の保安要員が勤務しているが、彼らが患者たちに聞く質問はたった一つだけである。

「最後に打った麻薬は何なの？」

もちろん反対意見もある。こんな施設に使う金は、患者たちが薬から離れるようなリハビリに使ったらいいと言うのだ。

日本の社会の現状は、あまりにも実情を無視して理想的でありすぎ、売春も、捨て子も、麻薬も意識一つで解決できるような姿勢をとりがちである。しかし本当に問題を解決したかったら、正視し現実にぶちあたる他はない。

第五章　人が生きて栄える土地では、同じだけの人が死ぬ

墓を紹介する
——人が生きて栄える土地では、同じだけの人が死ぬ

池田市で、精神障害か性格異常かと思われる男による小学生殺害事件があった時、私はアフリカにいた。英字新聞も手に入らない日もあった。事件の概略は知ったが、帰国後、英字新聞が報じなかったさまざまなことを聞かされた。

しかし中でももっとも驚いたのは、惨劇のあった校舎は今後使わない、という決定であった。細かいニュアンスは今でもよくわからないのだが、子供たちが心に傷を負っていて、血の流れた教室は見たくない、怖くて学校に行けない、などという訴えがあったからだという。ニュースを後追いした私には、それを受けて、したり顔の文部科学省の副大臣が移転を決定したように読める。

そんなに人が死んだ跡が怖いなら、広島と長崎にどうして住んでいられるのか。原爆は数十万人の人を殺した。池田市で刺された児童は救急車で運ばれてすぐ手当てを受けたが、原爆の犠牲者は黒こげの死体になるか、じわじわと原爆症が顕著になって、充分な治療も受けられずに死んでいった。

東京の隅田川の東も、気味が悪くて住めない土地になってしまう。東京大空襲で、あそこでも俗に十万人が焼死したと言われる。

非戦闘員である私たちを攻撃するアメリカの戦闘機が、機銃掃射をするために急降下して来た時のことを私は今でも覚えている。グラマン戦闘機は私の家の屋根から突然現われた。そして機銃を掃射した。私はパイロットの姿を見た。近眼だったから顔が見えたとは言わないが、眼のいい人は戦闘機のパイロットが、笑いながら非武装の市民を狙い撃ちしていたのが見えた、などと証言しているのだ。

空襲で隅田川の左岸が焦土と化する前にも、同じ土地が関東大震災で、たくさんの焼死者を出している。とにかく「隅田川の東側（むこう）」は住民が全員移転して当然の土地だ。

しかしそんなことは誰も言わない。人が生きて栄える土地では、同じだけの人が死ぬのである。人が生きているだけで死ぬことがない土地などどこにもないのだ。そして一定の数の人が住んでいれば、その中で必ず犯罪の被害者も出る。一定の数の自殺者も出る。自動車事故で死ぬ人の数は、毎年大体決まっていて、それを減らす工夫はどれだけでもしなければならないが、その数がゼロになることはほとんどないだろう。

子供がどんなに幼くとも、友達が刺されて死んだ校舎はもう気味が悪くて使えないなどという無礼なことは言わせないことだ。自分たちも今に必ず死者になる。

ボリビアの田舎では、栄養が悪くて子供がたくさん死ぬ。墓場で会った女の子は、「この子も友達だけど死んじゃったの。この子も」と私に傾いた墓標を懐かしそうに紹介して歩いていた。

源流
——アフリカでの学校建設

私は少しも勉強好きではなく、よくどんな苦労をしても上級学校へ行きたいと思ったなどという向学心に満ちた人の伝記など読むと、ほとほと感心したものであった。別に学問なんかしなくたって実務を覚えることくらい誰だってその気になれば生活しながらできるだろうに、と思ったのである。

若い時からずっとそう思い続けてきたが、アフリカなどの途上国に行くと、つくづく基礎教育というものは必要だと感じる。

子供たちを学校に行かせない理由はまず親が貧乏だからだ。学校に行かせなければ、牛飼いでも羊の番でもさせられる。しかし「読み書き算数」ができないと、いかなる近代的な仕事の場が仮にできたとしても取り残される。

そんな私が皮肉にも、働いている海外邦人宣教者活動援助後援会でも、日本財団でも、学校建設に関わるようになった。日本財団ではペルーのフジモリ政権によって田舎に学校を建てるプロジェクトがどんどん進んでいる最中だった。

現場はひどい山奥が多く、学校が村一番の中心的建物になっていた。それをフジモリの選挙政策だという人もいたが、学校はちゃんと使われていたらそれでいい。

比較的都市に近い新築学校で熱狂的に迎えられた時、私はフジモリ氏にどうしてこの学校を新築の対象にしたのか聞いてみた。ペルーのことだから、いろいろと人のしがらみで頼まれたから建てたという場合もありそうな気がしたのである。しかしフジモリ氏の答えはそっけなかった。この学校が一番古かったからだと言う。

アフリカの田舎には、公共のバスなどない。子供たちは野越え丘越えして学校に通う。大きな学校ではなく、あちこちに小さな分教場を建て、しかもその近くに宿泊設備も作らなければ、子供たちは学校へ辿りつけない。

学校は気楽に考えれば十万円でもできる。土壁で木の葉葺き、電気も水道もトイレもなしならそんなものである。

その地方全体に電気がない場合はむしろ電気の設備をしない方が夜の暗闇に馴れた眼を維持できる。家にトイレや水道などないのだから、子供たちは学校にこうした設備がなくても特にひどいとは思わない。ただこの二つはできるだけ早く作った方がいい。女の子に生理が始まると、トイレのない学校にはまず通わなくなるからだ。

しかし十万円の学校でも教育は始められる、ということは忘れないでほしい。日本の感覚で高額な予算を計上して建てたりすれば、まず地元の感覚と浮き上がってしまう。源流はいつも小さく細いものだが、それでも立派なスタートなのである。

金属音で喚（わめ）く子供
——辛さに耐えられる訓練

日本人自身が、自分の特性について時々考え違いをしているのではないか、と思うことがある。

日本人は、自分がきれい好きだと考えている。昔の人はよく洗濯をしたし（今の若い娘たちは結構不潔だというが）、何よりもよく風呂に入る。テレビ番組でも温泉の番組ばかり多すぎて、問題意識がなさすぎると思うこともある。

しかしこの「きれい好き」信仰も、実際に調べてみるとそうでもないらしい。日本のゼネコンはシンガポールで東南アジア各国からの労務者を使っているが、少し前にその実態調査をした会社がある。

建設会社がインド人、マレー人、中国人、それぞれに労務者宿舎を作ったのは、差別ではなく、宗教上の戒律を守り易くさせるためである。インドのヒンドゥ教徒は牛肉を食べないし、マレーのイスラム教徒は豚肉を嫌う。しかし中国系のシンガポール人は豚肉が好物だ。とにかく台所を別にすることが、くだらない争いを防ぐ方法である。

現場事務所は浴室関係の水の使用量もチェックした。すると大きな浴槽を持つ日本人と、一日に何度も水浴するマレー人を比べると、水の使用量はマレー人の方が多かったのである。他人が使った風呂に入るなんて汚い、と彼らは日本人のことを言うだろう。

私は今シンガポールでこの原稿を書いているのだが、日本人が静かで礼儀正しいという先入観も、この頃崩れて来た。特に日本の子供について不思議に思うことがある。マーケットなどで、時々「キーッ」とも「キャーッ」ともつかない金属的な叫び声を上げて泣く声が聞こえる。あ、日本の子供じゃないかな、と思って、その親子が近づくのをそれとなく待っていると、お母さんは必ず日本語で子供を宥めている。

ああいうヒステリックな泣き声を立てる子供は、日本人以外にはあまり見ない。つまり日本人の子供だけがおおらかではなく、いつも苛立っているのだ。のけぞって喚き、自分の要求を完遂するまでは、何としてでも親や世間を困らせてやろうとする態度である。本当に不思議なことだが、そこまでしつこくわがままな子供は、いつも日本人なのだ。

自分の子供や孫がそうだったら、どこかに問題がある。

理由は、その子が人生を楽しく感じていないからだろう。そのさらに奥の理由は、親も自分の暮らしに感謝をして幸福と感じていないからだ。また子供に時々辛いことをさせ、それに耐えられたら褒めて誇りを持たせる、という訓練を全くしていないからだろう。

静かで耐える力のある日本人のイメージは、もはや思い込みだけになりつつある。

料理番組大流行
――料理を作らない家庭はどこかで病んでいる

私は三十年間続けているNGOの運営委員会を、自宅で開くことにしている。時間は六時に集まり、いっしょに夕食を食べるのだが、食事に出すものは我が家の手製が多い。おでん、ライスカレー、塩鮭、たくあん、豚汁、おむすび、などというもので、質素に安価にあげるようにしている。それには二つの理由があるのだ。

第一に、私たちの会合は、その費用を寄付からさし引かないことになっている。つまり寄付金には必要経費の項目がないのだ。だからいただいたお金は百パーセント寄付に回せる。しかし私としては、お金をかけられない、というケチな根性が働く。十二、三人分のおでんなど田舎の卸売市場で買うので、材料費は三千円くらいですべて整ってしまう。

　もう一つの理由は、私たちはアフリカや南米の貧困や飢餓のためにそうした国々の田舎で働いている日本人の神父や修道女の活動の支援をしているのだから、その目的を考えると、自分たちが会合でご馳走を食べるのは、どうもふさわしくない、と思うのだ。

　それでも本当は我が家の食事はぜいたくなものだ。お米はササニシキ、サラダは庭で栽培しているもの、なのだから。お菓子は、いただきものをその日のために取っておいてお出しする。出前のピッツァを取る時もあるが、カメルーンの首都から車で十時間もかかるような電気もない奥地に住んで、ピグミーの教育をしていらっしゃる日本人のシスターにとっては、イタリア風のピッツァなんて夢のようなご馳走のはずだから、これまた大きな顔でお出しできる。

　そういう視点で見ると、最近のテレビは、豊富な材料を駆使した料理番組がやたらと多い。いや、正確に言うと、ずいぶん質素な材料をうまく使うのもあるが、とにかく日本には問題意識が欠如しているから、非難のされようのない料理番組が流行る。それにまたスポンサーもつくのだろう。世界のあちこちに、まだ飢えている子供たちがいるというのに、少し恥じる気はないのか、という感じである。

しかも私のように、その番組で教えられたことを、すぐに家庭料理に反映させるようなら、まだしも有効なのだが……いくらテレビで知識を得ても、多くの家庭ではおかず売り場で出来合いを買って来るのをやめない。料理番組が盛んになればなるほど、人は家庭で料理を作らなくなる、というのは皮肉である。今まで料理は実生活の手助けになったが、今ではヴァーチャル・リアリティとして涎を流す力しかないのかもしれない。料理を作らない家庭はどこかで病んでいる、と私は思っている。

居眠りから目覚めて知恵を習う
——行為から宗教の本質を軽率に断定しない

最近、学校関係者の方々に講演した時、「私は実にいい学校教育を受けたものですから」と昔を振り返って言いながら、こういう言葉はよく解釈しないと、当世風に、校舎が立派だとか、スクールバスの送り迎えがあるとか、修学旅行にイギリスへ行くとか思われるだろうな、とおかしくなった。

私の言ういい教育とは、そういうものとは全く正反対だった。もちろん時代も違うだろうけれど、私たちは服装に関して「恥ずかしいのは継ぎが当たった服を着ることではありません。洗濯をしなかったり、破れたまま繕ってなかったり、ボタンが取れっぱなしになっていたり、アイロンを当ててなかったりすることです」と耳にタコができるほど先生の修道女から教えられ、事実私は紺サージの制服のスカートの破れを母がきれいに繕ってくれたのを着ていた。

外国人の修道女は大きなエプロンをかけて、床にひざまずいて廊下の床石を磨いていた。東京のど真ん中なのに、彼女たちは牛を飼い、牛糞で畑を作っていた。そして私たちは、生徒に古代ギリシャ史やバイロンの詩を教えてくださる修道女と、黙々と床を磨いたり畑を作ったりしていらっしゃる修道女は、全く同じ大切な仕事をしておられ、神はその双方を完全に同じ祝福の眼で評価しておられるのだ、と実感していた。

私の子供時代は戦前と戦後にわたっていたから、確かに終戦による変化はあったのだが、今にして思えばその「民主的な精神」に全く変化はなかった。

しかし私たちはもっと高級な教育も受けたのである。私は授業中しばしば居眠りするようなだらけた生徒だったが、時々すばらしい言葉を覚えているところを見ると、そこだけ眼が覚めていたらしい。

フランス人のカンドウ神父が「日本では健全なる肉体に健全なる精神が宿る、と言うが、フランスでは『健全なだけの肉体など、精神性もなく始末が悪いことが多い』と言う」とおっしゃった時も、全く偶然目覚めたばかりだった。その一言でそれ以来私はフランスを尊敬し、シラクのような老獪な人物が出て、不純な政治の駆け引きをするのを楽しむようになった。

しかし一番すばらしいのは、「宗教の本質と、その宗教を信じる人とは、別に考えねばならない」という深い英知を教わったことだ。何教であれ、その宗教を信じる人の中には、泥棒も殺人犯も政治的狂信者もいる。そういう人の行為からその宗教の本質を断定する軽率さが知識人の間にさえ蔓延しているが、その愚だけは犯してはならない、というのである。こんなことを高校時代には既に教えられていたのだから、私はいい教育を受けた、と言ってもいいと思う。

日常的妥協
——政治的態度は、本当の信仰とほとんど関係がない

ヨーロッパの町並みが落ち着いていることは誰でも感じるのだが、それは建物の外見に色の統一をさせているからだ。イタリアでは、夕暮れに自分の手を伸ばして、その指の色と違わない色調が外壁の色に指定されているそうだ。私のように色黒の黄色人種もいるし、アフリカ系の人もいるのだが、赤だったり紫だったりすることはないから調和はとれる。

こういうことを言うと日本だったら「家の壁の色くらい決めるのは各人の自由だ」と反抗する人がいるだろう。私は阪神淡路大震災の後などに、雨漏りするようになった屋根を覆ったビニールシートの青が嫌いだったが、それは周囲と浮き上がっていたからだ。

あれがせめて薄茶色だったら、どんなに落ち着いて見えるかと思った。私はバケツでもシートでも、ブルーという色を身近な戸外におくことをしない。ブルーは海の色だから陸地では溶け込まないのである。

しかし基本的に、細かい日常的なことは妥協してもどうでもいいのである。まして外壁の色くらいどうでもいい。内装は自分の自由にできるのだ。もしデザイナーが自分の家だけ外装を紫に塗りたいと思ったら、その町を出て、自由な地域に建てればいいのだ。

アメリカのカリフォルニアに住む小学生の娘の父親、マイケル・ニュードーさんは無神論者である。彼はアメリカの大半の小中学校生が星条旗を前に起立し、右手を胸に当てて「私たちは神の下に一つになった自由と正義の国、合衆国に忠誠を誓います」と言うのに反対して訴えを起こした。この習慣は十九世紀に始まり、一九五四年に連邦議会が「神の下に」という言葉を挿入して以来、合衆国全域に広まった。これを違憲としてニュードーさんは訴えていたのだが、一審の連邦地裁は訴えを退け、今回連邦高裁は一審を破棄する判決を言い渡した。

私がニュードーさんだったら、娘に言うことは決まっている。

「神の下に、というとこだけきっちり黙っておいで」

インドでは、イエズス会の神父たちが、ヒンドゥ教以外の部族の子供たちを、私たちのＮＧＯから出させたお金で教育していた。そこでも毎日「神よ」と祈っている。私はことを荒立てるのも好きだから、わざと「神父さま、どの神さまに祈るんです?」と聞いてみたが、神父はにっこり「めいめいの神さまに」と動じなかった。

それで少しも問題は起こらない。部族の親たちも喜んでイエズス会に子供たちの教育を委ねている。

小さなことはさっさと楽しく妥協し、大きなことは断じて譲らない、という姿勢を私は尊敬しているが、総じて政治的態度は、本当の信仰とほとんど関係がない。

緑の風の中で
——テレビを制限することで得る、すばらしい時間

ときどきシンガポールに来て暮らすと不思議と昔の生活に波長が戻って来る。住んでいるのは三十年近くも経っている古いマンションで、私たちは六階の住人なのだが、南方の木は六階より更に高い。寝ていても緑のレースに包まれている。

東京の私の育った家にも大きな柿の木や青桐があった。私はよく退屈して縁側に寝そべって本を読んでいたから、眼をあげれば柿の木と青桐が見えた。つまらない木だったが、心は安らいだ。シンガポールの大木はタンブスという木だという。

ここに来れば東京からの電話がかからない。おかげで浴室の水漏れの音さえもよく聞こえる。上の階からメイドさんの好きなインド音楽が聞こえてくる時もある。昔の私の

家もアルミサッシ以前の木造家屋だから、外界の音がよく入った。「竹や、さお竹」も「金魚〜、金魚」も聞こえた。人生と隔絶してはいなかったが、静かで、私は心の健康を保っていた。

このマンションでは、私たちは居間にたった一つのテレビしか置いていない。NHKの放送は入るのだが、NHKは海外の邦人が見るだけのものと思っているらしくて、この電波が日本という国を海外に理解してもらう重要なメディアだとは考えたことがないらしい。日本版をそっくり流すだけである。朝のニュースでは東京と同じ交通情報をやる。どこが何キロの渋滞だなどという内容を海外で聞くと、NHKという組織はいったい何を考えているのだろう、と思う。

したがってテレビはあまり、というか、ほとんど見ない。するとすばらしい時間が捻出されるのである。

私はここでは昼夜を問わず、本ばかり読んでいる。少し腰痛があるので、時々ワープロから離れてベッドに寝転がるのだが、読書の量は信じられないほど増える。

今年の春頃、テレビの見過ぎは若者を暴力的にする、というアメリカの調査結果が出た。私は根性が曲がっているので、こういう統計を素直にすぐ信じるということをしないのだが、十四歳の時にテレビを一日に三時間以上見ていた男女の二十八パーセントが、十六歳から二十二歳の間に何らかの暴力行為に走るという。男性だけに限ると四十五・二パーセントもが暴力行為を働いていた。これに対して一時間以内しかテレビを見ないグループの犯罪率は、五・七パーセントに留まったという。

テレビは麻薬的かつ非現実的だから、苛酷な現実に対応し耐える力を奪って、いわゆる切れ易い性格を作るのだという。やはりテレビを制限するという原始的な方法は、教育の上で最も凡庸で有効な処置なのだ、と私は緑の風の中で考えるのである。

趣味としての雪かき
——機械化によって破壊される固有の精神と文化

十センチの雪の積もった朝、二人の若者が約二百メートルの道を、人が歩けるだけ五十センチ幅の雪をかいていた、という新聞の投書を読んだ。東北の或る町の商工会長さんが書いたものである。

この方が「ご苦労さんだね」と声をかけると、二人は「成人を迎えたので、社会奉仕をしたい気持ちで始めました。二十歳の記念ですよ」と答えた。

「今どきの若者は、と色眼鏡で見られるご時世だが、今日は、ほのぼのとした二人の若者に敬礼をした」

どこから見てもいい話だ。二百メートル分の雪かきをするのも楽ではない。荒れた成人式の報道ばかりされたので、ごく普通に厳粛な式のできた地方自治体も多かったのだろうから、なおさらこういういい青年が「おらの町にはいた」ことを言いたくもなるだろう。

しかしそれでもなお私は、この七十五歳の商工会長さんの投書に違和感を覚える。私たち夫婦はもう老年だが、それでも東京に雪が降れば、必ず朝早くから雪をかく。門の前が緩やかな坂でしかも町には老年人口が多いのだから、うちの前で滑って足を折ってほしくないのである。しかしそれはつまらない口実で、実は二人共雪かきが面白くてたまらない。そしてもしうちに息子や孫が同居していたら、二十歳になる前から、自然に雪かきには出ていたと思う。

この東北の町では、若者たちが二十歳の記念になる前には、雪かきをさせなかったのか？　しなかったのか？　私にはその方が異様に思えるのである。

私たちの生活は基本的には、いつも厳しい労働がついて回る。それがまた私たちの体の機能を保つ面もある。冬の労働は寒風や雪に耐え、夏は日焼けと汗で辛い。

そういうものが機械化やシステム化によって次第になくなって来たのである。人間はもはや辛い思いをしなくていいので、人力に頼るのは政治と社会の怠慢の結果だという解釈になった。

そのいい例が、イスラエルの砂漠地帯にいるベドウィン（放牧民）たちである。彼らは常に移動して歩いているはずだから、水は自分が権利を持つ水源から飲み水を汲んで来るだけだった。もちろん風呂も入らず、洗濯もしない。しかし今ではイスラエル政府が、荒野に定住した彼らのテントの傍に水用のタンクローリーを置き、それに給水して回っている。

それはそれでいいのだし、それが人間の文化という形で安逸を求める自然の姿であろう。ベドウィンも、平等にその恩恵に浴して悪いわけがない。しかし同時にそれがベドウィン固有の精神と文化を破壊する点については、人権思想はほとんど触れない。

アレルギー向きメニュー
——子供の健康管理を他人任せにする親

まだ若い時から私はかなり無謀で、見知らぬ外国の田舎を歩くなどということも大好きだった。イギリスでは、ロンドンでレンタカーを借りて、最北端まで夫と二人でドライブをした。

夏なお寒いのが、イギリスであった。八月というのに、私はオーバーを着てまだ震えていた。その頃のイギリスではあちこちで橋の代わりに車をフェリーに載せて運ばなければならない所があった。雨も始終降っていた。私たちは車の中にいるのだから降ってもただ景色が暗いだけである。しかしハイキングをしている人は、合羽を着ていても濡れて寒そうだった。ことに十分か二十分にせよ、フェリーの甲板の上でじっと対岸に着くのを待っている時は、どんなに寒いだろう、と私は同情した。せめて子供でも車の中に入れてあげよう、と私は思って近くに立っていた母子に「よかったら車の中にお入りなさい」と声をかけた。

するとその人は「ありがとう」と言ってから、

「でも私たちは体を鍛えるために来ているのですからご心配なく」

と言った。子供にも、長い道程を歩かせ、雨が降れば濡れさせ、結果として寒さに震えさせるのが目的だ、と言うのである。

子供に親切にすることとは、乾いた車内で休ませることではないのだ、とその母親ははっきりと言ったのである。

先日ニュースを見ていたら、最近のファミリー・レストランでは、アレルギー性の子供が多いのに眼をつけ、それぞれこの食材は使っていません、という料理を開発しているという。そうして、お母さんにも安心して子供に食べさせてもらおうというのだ。

そのニュースを私はもう一人の女性と聞いていた。そして二人とも同じ感慨を持った。子供の健康管理をレストランに任せるほど日本の母親は怠け者になったのか、ということである。アレルギー性の反応を示す子供を持っていたなら、どうしてその子にだけは、自分でいいと思うお弁当を作って持って行かないのだろう。

子供の健康管理さえこの頃は責任を他人にとらせようとする。子供が学校にいる時に具合が悪くなれば、それは学校と先生の責任だと言う。

しかし本当に子供の体の状態を知っているのは、母親だけだろう。先生は同居しているわけではないのだから、子供の体質も変化もデリケートにわかるわけがない。

先生に親の代わりは務まらない。学校や先生は子供の成長のほんの一部、主に知的な面を請け負うだけなのである。レストランに一種の病人食を作らせるというのは、何よりも非教育的なことだろう。

空調文化からの脱出
——新しい時代の文武両道

昔は文武両道などという言葉があって、文に対しても作文以外は自信なく、武にいたっては全くだめという私は、そういう不気味なスーパーマン（当時はそんな言葉もなかったが）みたいな存在に、完全に悪意を抱いていた。

しかし戦後五十年も経って、空調が利いた部屋でしか才能を発揮できない秀才ばかり多くなり過ぎると、私は改めて新しい時代の文武両道を提唱したくなっている。

今朝がたテレビで見ただけのニュースなので、細かい所は聞き漏らし、覚え切れなかったのだが、海外から帰った修学旅行の生徒が成田で下痢を訴え、何人かがまとまって病院に収容されたという。さてはひどい国に行ったのだな、と思っていると、事実は、シンガポールへ行って来たのだという。

シンガポールを修学旅行の行き先にして悪いとは言わないけれど、生ぬるい土地を選んだものである。せっかく勉強で行くのなら、せめてカンボジアのアンコール・ワット、或いはインドくらいに行って強烈な異質文化に触れてほしかった。しかしそれはまあいい。引率の先生のご苦労を思えば、危険の可能性が少ない土地を選ぶというのも頷ける。しかし彼らがどこで食中毒にかかったかというと、日本料理店の刺身だと言うのだ。

我が家では、息子を満六歳の時から東南アジアに連れ出した。その時、彼に命じたことは、行った先では決して日本食を欲しがらないことであった。子供というものはおしなべて徹底した保守主義者で、自分が生きて来たやり方、友達が生きているような生き方、をしたがるものだから、普通は日本のご飯が大好きなのである。

しかし修学旅行は物見遊山ではないのだ。わずかな日数くらい、日本食のない生活をさせるべきだろう。殊にシンガポールには、豚を食べないモスレム料理、牛を食べないインド料理、マレーを南下した中国人とイスラム教徒ではないマレー婦人との結婚によってできたババ・ニョーニャ料理、タイ料理、ベトナム料理、あらゆる地方の特性をはっきりと見せた各地の中国料理、屋台の庶民料理、インドネシア料理など数日では食べきれないほどの料理がある。いずれも、その土地の文化と宗教に深く根ざしている。嫌でもそれらを解説つきで食べさせることこそ修学旅行なのだ。

生水や生ものを決して口にしないことは外国旅行のイロハである。シンガポールは水道の水が飲める世界で数少ない国だが、それでも用心を教えるための修学旅行なら、日本で大丈夫なものは外国でも大丈夫だろう、と独り決めにする空調文化的発想をやめることも勉強の一つだ。外国が持つ初歩的な危険が読めないようでは、先生の指導はないに等しくなってしまう。

第六章　「どん底からのスタート」というすばらしさ

動物的反応
——「どん底からのスタート」というすばらしさ

半世紀近く、私は小説家としてだけ暮らして来た。

小説家は、個人の肉体労働である。私は根気だけはあるので長い年月かけて調査をするのに向いていた。だから取材の途中で受けた多くの方々の並々ならぬご好意は別として、結果はすべて自分の責任であった。うまくいったら、それはまあ自分の幸運と思っていいのだし、駄作しかできなかったら百パーセント自分の責任である。途中で誰かに責任を転嫁することもできない。

しかしそれは爽やかな仕事であった。人間関係でいらいらすることが全くない。なにしろいらいらする相手は自分だけなのだ。

六十代の半ばで私は突然、当時悪評に塗(まみ)れていた日本財団というところで働くことになった。理由は簡単で、三つしかなかった。

第一に私はそれまで日本財団の理事として財団そのものが決して世評のように堕落してはいないことを知っていた。複数の人間で構成されている組織の真実と現状は、長期にわたって糊塗することなど決してできるわけはない。だから内部のどこを見られても大丈夫なように、自らを正し続けるほか、楽をする道はない。

二番目に私は最低の状態でそのポストに就くことほどトクなことはない、と狡(ずる)く計算していた。秀才はいつも現世でいい「場所と地点」ばかり選びたがるから、常に落ちる危険に脅えている。学校秀才ではなかった私が言えることではないが、これはどう考えても愚かなことだ。

しかしどん底からスタートすれば、もうこれ以上落ちようがない。上がる希望だけが残されているというすばらしさである。

三番目に私は無給だった。悪評に塗れている組織に乗り込む時には、経済的関係を断つことが多分最低の条件である。ありがたいことに日本財団は「寄付行為」の中でも私の希望が保証されていた。日本財団は当時、会長は法的に無給だったのである。

ついでに私は生活優先順位を決めることで、この設定を現実的なものにした。私の主たる仕事は小説を書くことです、と公言した。どこからも「裏金」などもらわなくて済むように、私は執筆によって今まで通り、税務署筒抜けの収入を得ればいい。

しかし私はキリスト教のおかげで、契約という思想も少しは理解していたから、無給であろうが週に三日は日本財団のためにきちんと働くことにした。四日が作家、三日が財団という割り振りはこうしてできたのである。

面白いもので、その時以来私の書く速度はかなり早くなった。歯を食い縛って努力したのでもなく、自然に私は変わったのである。

広告業界の感覚マヒ
——人々の口から口へと伝えられる大切さ

一九九五年に日本財団で働くようになってから、私は改めて広報というものについても学んだ。

私が会長に就任した時、日本財団の広報費は約四十七億五千万円だった。もっとも当時、財団の年間予算は八百億円を超えていたし、広報費のうち約八億円は競艇支援に使うことに決められていたから、実質は四十億円を少し割っていたことになる。

私は就任すると、すぐ月刊誌の形をとったダイレクトメールを廃止した。私の家にもダイレクトメールがよく送られて来るが、正直なところ種類が多過ぎてとても全部は読めない。私よりもっと多くもらう人はほとんど読まずに捨てているだろう。この廃止でが、代議士のご依頼だろうが、例外は許さなかった。これでも年間五百四十二万円が節約できた。

この二億三千万円で、私は月刊・週刊の雑誌の縦三分の一、活版の広告を月一回の割で四十数誌買った。お蕎麦屋で一人食事をする人たちが、備えつけの雑誌で（運がよければ）日本財団は何をしているところか見てくれるかもしれないと思ったのである。

テレビのコマーシャルの値段も、新聞の全紙広告の値段も、それまで素人だった私を驚かせた。スポンサーという人たちは、自分のお金ではなく、会社のお金を払うのだから、千万単位の広報の費用を何とも思わないのである。

中でも恐ろしいのはテレビであった。ＣＭを作る広告代理店の値段の高さも常軌を逸している、と私は感じた。テレビと広告業界は、完全にバブル的感覚にマヒし、そのままで仕事を続けようとしていたから、今に必ずひどいどんでん返しを受けるだろう、と私は思っていた。この頃では、テレビにＣＭを出している会社の製品は、私たち消費者がその費用を負担しているわけだから、買わない方がいい、と思うくらいだ。

わずか六十秒のCMに、日本財団はイメージ・キャラクターに有名俳優を使ってもいないのだが、制作費だけで二千二百万から二千八百万円もかかる。それを異常と思わない感覚の方が異常である。

やがて日本財団は、スポンサーとして残していたテレビ東京系のドキュメンタリー「人間劇場」からも撤退した。この番組だけで、年間約八億四千万円かかっていたのである。八億四千万円あれば、老人ホームの建物が一つ建つのだから、財団はそちらにお金をかけるべきだろう。

財団はものを売る会社ではない。いい仕事をして、それが人々の口から口へと伝えられることが真の広報だ、と私は思っている。

ピアノの上の真実
――直接見聞きしたこと以外、信じてはいけない

先日初めて知り合った音楽の才能のある高校生と、旅先でお喋りをした。

私はその高校生を半分専門家、自分は全く音楽と無縁の人間と思っているので、日本財団の関連財団である日本音楽財団が、ストラディヴァリウスを十七挺持っていて、世界中の演奏家に無料で使ってもらっている話や、日本財団の一階の「バウ・ルーム」という広間を利用して若手の音楽家に度々無料で演奏会を開いてもらっている話などをした。ストラディヴァリウスを預けている人たちには日本で年に三回演奏会を開いてもらう約束だが、そのうちの一回は全く無料で聴いてもらえるようにしている。

そのために日本財団はスタインウェイのピアノを買うことになってしまった。ヴァイ

オリンが名器なのに、いい加減なピアノで伴奏をするわけにはいかない。けちな私としては、搬入してすべて落ち着くまでに千六百万円もかかるピアノを買うことは痛かったのだが、これで毎月、千人くらいの人たちにいい音楽を聴いてもらえるようになったのだ。

そんな素人っぽい話をしていると、高校生は意外なことを言った。

「財団のピアノは、カバーもなしに手垢だらけになっているんですってね」

「カバーは掛かっているはずですけど」

「ピアノには厚いカバーもよくないんです。日本は湿気が強いですから」

「それはそうでしょうね。でもうちがスタインウェイをおいているところは一年中空調がある部屋だから湿気は大丈夫だと思うわ」

「しかもピアノの上は、物置台になっているんですって？」

私はそれ以上確信を持って答えるのは止めることにした。ただ、次に財団に出社した時、私は玄関から真っ直ぐホールの奥のスタインウェイを見に行った。

美的観念からいささかも褒められないような定番の厚い黒いカバーが、ピアノには掛かっていた。さらに私は気がついていなかったのだが、その手前に簡単な可動式の柵もあって、ピアノの上には「ものを置かないでください」という注意の札も置いてある。ピアノは受付のお嬢さんの視野の中にあるし、あの重いカバーを取り除いて、ピアノの本体を手垢だらけにしたり、ものを置いたりするのはほとんど不可能な空気である。

それにしても何というでたらめな情報というものが流れるのだろう。人間は、自分が直接見聞きしたこと以外、信じてはいけないのだ。世間の噂、マスコミの記事、ついでに歴史小説も、それを真実だとして処世訓にしたりするのはやはりまちがいなのである。

出張のルール
——旅の途中に出会うさまざまな人生

最近官庁でも民間の会社でも、出張旅費をできるだけ安くあげようという方向に向かっていて、今まではファーストクラスに乗ることになっていた人も、ビジネスクラスにしているという。

私は四十代に少し経済的な余裕ができた時から、小説の取材費用を、雑誌社や新聞社に出してもらうのを止めた。自分で払うのだから、気楽に近距離だったらエコノミークラスにして、一晩機中で過ごすような時には、着いてすぐ取材ができるようにファーストクラスを使った。

私が日本財団で働くようになった一九九五年頃は景気のいい時代だったので、一晩を機内であかす旅の時には、かなり若い人でもファーストクラスやビジネスクラスに乗せていた。

しかし南米に向かう飛行機に乗った時である。その路線にはビジネスクラスとエコノミークラスしかなく、私の斜め前の席には、二十代の若い財団職員が乗っていた。そして食事の時になると、彼女の前にも機内食としてドン・ペリニヨンのシャンパンやキャビアが配られた。

これは決して彼女が悪いのではない。南米と日本との間の直行便は時間もかかるので、若い職員もビジネスクラスに乗せていたのである。しかし私はこれではだめだ、と思った。若い時には必ずエコノミークラスに乗って、複雑な人生に出会わなくてはいけない。

私は若い時から、いろいろなドラマを旅の途中に見た。普通の男性だと見えた隣席の人が実はエビ獲りの出稼ぎ労働者で、字が書けないので入国カードを私に書いてくれ、と頼まれた時のことなど、今でも忘れられない。

それ以来、財団は出張の基準を厳しくした。役職とは無関係に三十九歳まではエコノミークラス、四十歳からビジネスクラス、六十歳以上をファーストクラスにしたのである。年齢による衰えは誰にも公平に巡って来る。人間的な処置とはこういうことだ。そのうちに、自分はビジネス、上役はエコノミーという事態も出るかもしれないが、それもいたしかたない。上役は若いのだから体力があるだろうし、年をとれば誰でも自然に体を労っていい。私は冗談に「若ぶりたい人は、四十以上でもエコノミークラスをどうぞ」と言っているが、実はルールを乱してほしくはないのである。

こうして浮いた旅費で、私はできるだけ多くの職員を、世界で最も貧しい土地に連れて行くことにした。貧しい人は心がきれいだ、などということは全くない。しかしどんな狭い人にでも、理性によって惻隠の情を行動に移せる職員が増えてくれるのを、私は期待したのである。

「ふれあい広場」の気味悪さ
――凡庸にして異常な感覚

日本財団は、私が勤めるようになってから、今のビルに移転した。古い建物を買い全面改装して、「古い新しい社屋」として使うことにしたのである。その時、一階をどう使うかということがいろいろ話し合われたが、私は便利な一階は実用的に使い尽くすことが使命だと思った。日本財団は競艇のお金の三・三パーセントをお預かりして、世界と日本の人道的な仕事をしている。お金の相談をする場は、名実共にガラスばりの場所でしなければならない、と私は思っていた。銀行の融資ご相談室みたいに、閉鎖的な個室では透明性を示せないのである。

しかし私は同時にこの貴重な空間を、できれば複雑に使いたかった。虎ノ門に近い赤坂のいい場所なのだから、助成金のご相談の他、空いている時間はフル活用すべきだと思ったのである。

その結果、現代社会が最も関心のある問題に関する講演会は始終開くようになった。昼休みと夕方からは通りがかりの人が誰でも入れる無料のミニ・コンサートもやっているが、これは演奏会場を見つけにくい若い演奏家たちの発表の場にもなり、関連財団が持っているストラディヴァリウスなどの楽器の音色を聴いていただけるチャンスでもある。あらゆることにフルにその空間を使ってこそ、かりそめに日本財団が現代の社会から使わせてもらっている建物が生きるのである。

先日そのホールに愛称をつけようという発案があった。まず財団内部の募集の結果を見て、私は開口一番「これはだめよ」と言った。最多数が「ふれあい広場」だったのである。かくまで凡庸にして非文学的名称が最多数を占めるとは、と私はがっくりした。NHKでも最近人気のある催しもの会場が「ふれあい広場」だという。NHKはよくもこんな気持ちの悪い命名を許したものだ。

もうここ二十年以上も、日本中が何かというと「なかよし」だの「ふれあい」だの

「出会い」だの、薄気味悪い人間関係を誇張する言葉でお茶を濁している。これは世界的に見ても「異常な」感覚である。「連帯」くらいならわかるが、日本以外の国では、知らない人とはなかなか触れ合ってはいけないものなのだ。もし人が人と接しなければならない時には、責任と用心が必要になって来る。私はこの非文学的名前だけは許さなかった。

　他に数人が「バウ・ルーム」というのを推していた。バウは「舳先」の意味でもある。私たちは海上・船舶の仕事もしているので、舳先をはっきりと目的の方角に向けることは自然である。かくして日本財団でもっとも働いている空間は「バウ・ルーム」と呼ばれることになった。

無力な紹介者
——学校や組織が公正であることの示し方

世間の大方の人は、自分がいかに実力を持っているかを示すことがお好きらしいが、私は全く反対の趣味を持っている。

私は戦前、「知る人ぞ知る」(ということは「知らない人は知らない」というだけのことだ)としか言いようのない聖心という小さなカトリックの修道院学校で育った。幼稚園の入園は随時で、口頭試問は「お名前は?」「いくつですか?」という二つの難問?だけ。それに堂々と答えられた秀才の私はみごとにお受験に合格した。

聖心が有名になり、従って学生たちの学力も上がったのは、皇后さまがお出になってからである。今の聖心だったらむずかしくて、私はとうてい入れてもらえない。

それ以来、聖心に入りたい人は増えた。聖心には幼稚園にも小学校にも特別に紹介者制度はなかったように思うが、ただ親たちをよく知っている場合だけ、私も頼まれると「こういうご家庭です」と参考の手紙を書くことはあった。

今までに頼まれて書いたのは四回である。卒業後何十年間に、たったの四回である。その四人とも落ちているのである。

手紙の宛名人である小学校の校長が、私の同級生の修道女だった時もあった。私は彼女とケンカなどしていない。むしろお互いに深く信頼しているさわやかな関係であった。その人に宛てて、私は受験生の家族に好意をもって、お世辞ではない紹介をしたつもりなのだが、それでも落ちたのである。それ以来、誰も私に頼みに来ないからほっとしている。ゲンが悪い。私が紹介すると、百パーセント落ちるのだ。

私が会長になった日本財団が「寄付行為」の中で、会長を無給としていたのは賢明なことであった。金銭の繋がりは裏も表も一切ないから、内部におかしなことがあったら、すぐやめようと思っていた。しかし、空気は全くあけすけで、「うちには、隠しておいていただかなければならないことは一切ありません」と言われているので、好きなだけ内部通報をしている。

先日一人の青年が、日本財団を受けたいと言って来た。新卒でないのが少し難点だったが、有能な人である。私は彼が受けたいという意志をさまたげる理由はなかったので思う通りにさせたが、面接試験には知人だという理由で出席しなかった。そして彼もまた不合格になった。

かくのごとく、私はどこの組織でも、これ以上考えられないほど無力だということが、改めて証明された。しかし、ここが何ともいい点だ。聖心という学校も、日本財団という組織も、一切の情実のきかないところだ。私の無力が世間に知れるより、日本の学校や組織が公正であることが示された方が、どれだけいいかしれない。

食堂の光景
——広報の本質は、自由に観察できる場をつくること

私が働いていた日本財団は八階が食堂になっている。一番明るくて景色がいい空間である。一部は会議用の部屋と会食用の食堂、一部が職員が食事をしながら打ち合わせをするスペース、後が関連財団の職員もいっしょの食堂である。

食堂の一番目立つところに、神棚がある。古い社屋にあったご神体を、私もいっしょにお供して夜闇の中でお遷(うつ)りいただいたものである。神棚は置く方角が大切だという。それに一番合致するのがここだったのだ。しかも……私に言わせれば、お守りくださる神様に職員全員を見守っていただけるのもここである。

勤め始めた頃、私がカトリックなので、神事には出ないと言うかと周囲は少し気にし

ていた。しかし私は神事を大変大切にしている。人が大切に思うことは私も大切にしたいのだ。ただし神事には慣れていないので大変緊張した。拝礼をするのと、柏手を打つのとどちらが先だったかまちがえるのが心配で、フェルトペンで掌にアンチョコを書いておいたこともある。

日本財団には幹部食堂などない。食堂で眼についた人に仕事を確かめることもできるし、理事たちも若いお嬢さんと食べるのが嬉しいらしく、したがって定席というものがない。かつて某大国の日本大使でいらした方が、ふと気がつくと右も左も前も、周囲を全部若い女性に囲まれて食事をしておられるので、あの壮大な大使館の豪華なテーブルで食事をされていた時より今の方がはるかにお楽しそうだ、と私は勝手に憶測している。

食堂はいつでも座れ、おいしくて安くて、好評である。財団が負担している分を除けば、三百五十円が定食。いなり鮨は二個、おむすびは一個五十円である。

勤め始めた頃、私は作家としての仕事の関係者が財団に現われないように厳密に区別していた。私は非常勤・無給だから時間に関しては少しゆとりを許されるかもしれないが、バカ律儀なところがあって、たとえ渋茶一杯出すにも、私用のために財団の職員を使いたくなかったのである。

しかし私は間もなくそのルールを撤廃した。当時日本財団はマスコミに、立証できるはずのない「悪評」を書き立てられていた時代だった。根拠のない悪評はいずれは収まるが、それにはできるだけ多くの人に「居間から台所まで」見てもらうことがいい。私は無給の上、交際費もゼロ円の会長だから、一月（ひとつき）に知人の編集者数人に三百五十円の定食を「ごちそう」することも広報費として認めてもらおう、と考えたのである。

これは有効だった。マスコミは、食堂で全職員の態度を自由に観察している。何を話しているかも小耳にはさめる。多分広報の本質とはそういうものだったのである。

ＣＭの闘い
——無理を言うと、才能は伸びる

広報の活動というものを、多くの会社が不当におざなりにしている、と感じることがあるのは、テレビのコマーシャルを見る時である。三十秒にせよ六十秒にせよ、コマーシャルの制作というものには社運がかかっている。制作費も安くない。勝負は長くて六十秒。それなのに、六十秒経っても、それが何を売る組織かよくわからないコマーシャルさえある。

今では、日本財団はテレビのスポンサーからほとんど撤退したが、ＣＭを作る時、私はすべての工程に立ち合った。その場面を一秒か二秒延ばすかどうかの差で、視聴者の理解に大きな差がつくのである。視聴者の方でこちらの言うことを真剣に聞いてくれると思うのは大きな間違いで、こちらが礼を尽くし、謙虚に構えて、できるだけ理解しやすいようにＣＭを用意するという姿勢が必要だ。しかし多くの会社では制作を広告代理店に任せっぱなしで、努力を払っていないように見える。

日本財団がテレビのコマーシャルから撤退したのは、お金がかかり過ぎるからであった。私たちはメーカーでも商社でもなくて、売り上げを伸ばさねばならないこともないのだから、お金はできるだけ実質的な仕事に回さねばならない。テレビで派手なコマーシャルをやる会社は、その高い広告費の分を商品の値段に上乗せしているのだということがしみじみわかるようになった。財団では、広報費を毎年のように減額していったが、しかし腕と機転で同じだけかそれ以上の効果を上げるように苛酷な闘いを強いた面もある。しかし無理を言うと、才能は伸びるということも発見した。

総じてＣＭを広告代理店に任すようではろくなものは作れない。ＣＭの制作には社内の才能を結集し、社長以下、全重役会を挙げて関与すべきものだと思うが世間はそうしているのだろうか。

三十秒、六十秒のＣＭには、短篇小説を書く時と同じ一筆書きの気合が要る。その時間でどれだけの内容を視聴者に伝えられるかという判断には、短篇小説を書く技術と全く同じ経験が必要だ。ＣＭは正確ならいいというものではない。それなら官報だ。むしろ自由な詩心も、表現のめりはりも必要なのである。

いいＣＭを作るのに最も大切な要素は、社内の隅々まで折り目正しくあろうとする姿勢が貫かれていることであろう。日本財団のＣＭに外国人の聾啞の学生の手話が出た時、私は広報部員に頼んだ。

「口が言っていることと、訳は厳密に一致させてくださいね」

多くの人がわからないことだからといっていい加減な訳をつけたりすることは、まさに広報の基本精神に反しているのである。

常識を疑う
——自分を知ってもらうための努力

日本財団はたった百人足らずの職員で、収入が減ったと言われる現在でも、三百億円以上の予算を動かしている。

実は私は今も、数字の桁をうまく読めない。お金については全く才能を開発して来なかったからである。しかし不思議と、単価とか、原価とかいうものを最初から見極めることは身についていた。

私が財団に来てすぐ、一番、一生懸命に働いたのは広報の分野であった。広報というのは、まことに速度と精度と特殊な感覚の要るもので、決して自分を宣伝することではない。広報の基本は、身を正して常に内容をよくしていることである。その上で謙虚に、自分を知ってもらうための努力を続けることである。

日本財団に来た時、財団には「エンブリッジ」という月刊の広報誌があった。発行部数は年間二十二万四千部。予算としては二億二千五百万円だった。「これは誰が読むんですか」と私は尋ねた。送付する相手は関係諸団体とオピニオン・リーダーだということだった。オピニオン・リーダーなら、どうしてこういう雑誌をタダでもらえるのか。そういう人たちは日にこういう雑誌を五冊も六冊ももらうから、読まずに棄てているはずである。それでも広報誌とは、そういうものだというのが当時の常識だった。しかし私はすべての常識を一度すべて元から疑う癖を職員につけてもらいたかった。

私はこの雑誌をすぐに廃刊にした。恥をさらすようだが、一冊の単価が約千円もかかる広報誌を、よくも平気で作っていたものだ。同じ予算で、私たちは月刊誌と週刊誌の実に四十五誌に、活版（黒白）刷り、縦三分の一の広告を、月一度の割合で買うことができた。ついでに私は一切の名刺広告の掲載を例外なく禁止した。これで数百万円が浮いた。

広告業界は、今まで実に思いのままにおいしい商売をして来た感がある。しかし企業や組織が「売り上げの中から」ではなく、「儲けの中から」数億、数十億、時には数百億円を広告広報に出すということは、あらゆる意味で健全ではないと私は思う。その分、消費者が製品を高く買うことになるのだから。

もちろん私は広報や広告をすべて拒否しているわけでは決してない。その商品の存在を知るということは消費者にとって一つの便宜だし、私はコマーシャルを見るのも実はかなり好きなのである。

だからコマーシャルは気を抜かずに作ることだ。その会社でも抜きんでた才能を広報部に回さねばならない。その点が世間では往々にしてなおざりにされている。正直に言って、この会社では、社長が自分のコマーシャルと提供番組の内容を見ているのだろうか、と思うことはよくある。

人間であり続けること
——ご縁を感謝する謙虚な思い

日本人は規則を忠実に守るということには実に誠実な人たちだが、人間の基本的な心情に立って、人間的であり続けることはへたなのかもしれない。卓越した人というものは、時には、規則を破り、非難を浴びても、「人間」を守るための行動がとれる人のことを言う。

日本財団は、二カ月に一度くらい定例の記者会見をしてその間に行った事業について説明し、充分に質問を受けることにしているが、その後でささやかなお茶とビールとパンを出すことにしている。暑い時、寒い時、仕事の一部ではあっても「ご足労」願うのだから、お茶やビール一杯くらいはお出しする「礼儀」は当然だと私は思っている。官官、官民、民民、すべて接待は悪い、という用心と国民的情熱は、同時に接待さえ受けなければ自分は正しい人間だ、と思える実に貧困な心情を生んだ。

つまり人間の「ご縁」を感謝する謙虚な思いなど、示さなくて当たり前になったのである。かつ先輩が後輩をおごるという美風もなくなったという。検事や判事はおごりおごられる機会を恐れてクラスメートとも付き合わなくなるから、ますます人の心にうとくなる。とにかく悪いことさえしなければ、いいこともしなくて平気、という未熟な大人を作る空気だけが残った。私はそれにいささか意識的に抵抗しているつもりなのである。

ありがたいことに、財団の一階の一隅には、身障者が働く「スワン・ベーカリー」というパン屋さんが開業している。そこから小振りのサンドイッチと、ソーセージやチーズをあしらったパンなどを運んでもらって、記者さんたちに食べてもらう。小腹が空いた人には帰宅までの一時しのぎになるし、何より身障者支援の意識にも繋がる。その上、うちの財団もお茶の費用が安くて済む、といういいことずくめだ。

たいていの記者さんたちが、おいしいと言って食べて行ってくれるが、中には大新聞の記者で、パンすら断って帰って行く人がいる。もちろんたまたまお腹を壊していたのかもしれないし、間食は一切しない人かもしれない。しかしそうなら、用意した袋に一切れのパンを入れて持って帰り、同僚にあげるという優しさがあってもいいだろう、と思うことはある。外国だったら、そのような優しさは意外と重く大切に思われている。

取材先からは、一切れのパンもおごられないという規則が、何より優先するのだ。その結果、障害者が自立するのを見守り助ける、という視点など欠落する。そういう硬直した気分でいると、本当の人間臭い記事が書けるかどうか、密かに疑問に思う時がないでもない。

＊本書は二〇〇五年八月、河出書房新社より単行本として刊行した
『社長の顔が見たい』を再編集の上、追記・加筆・訂正しました。

曾野綾子（その　あやこ）

一九三一年、東京生まれ。聖心女子大学英文科卒業。七九年、ローマ法王庁よりヴァチカン有功十字勲章受章。八七年、『湖水誕生』で土木学会著作賞受賞。九三年、恩賜賞・日本芸術院賞受賞。九五年、日本放送協会放送文化賞受賞。九七年、海外邦人宣教者活動援助後援会代表として吉川英治文化賞ならびに読売国際協力賞受賞。二〇〇三年、文化功労者となる。一九九五年から二〇〇五年まで日本財団会長を務める。著書に『無名碑』『神の汚れた手』『天上の青』『夢に殉ず』『神さま、それをお望みですか』『哀歌』『晩年の美学を求めて』『アバノの再会』『貧困の僻地』『老いの才覚』『人生の第四楽章としての死』『人生の収穫』『揺れる大地に立って』等多数。

人生の旅路

二〇一一年一〇月二〇日　初版印刷
二〇一一年一〇月三〇日　初版発行

著　者　曾野綾子
装　丁　坂川栄治+永井亜矢子（坂川事務所）
発行者　小野寺優
発行所　株式会社　河出書房新社
東京都渋谷区千駄ヶ谷二―三二―二
電話　〇三―三四〇四―一二〇一（営業）
〇三―三四〇四―八六一一（編集）
http://www.kawade.co.jp/
本文組版　KAWADE DTP WORKS
印刷・製本　中央精版印刷株式会社

ISBN978-4-309-02072-3
Printed in Japan